천유하

성운을 먹는 자

성운을 먹는 자 3

김재한 퓨전 판타지 소설

초판 1쇄 찍은 날 § 2015년 7월 20일
초판 1쇄 펴낸 날 § 2015년 7월 27일

지은이 § 김재한
펴낸이 § 서경석

편집책임 § 박은정
디자인 § 신현아

펴낸곳 § 도서출판 청어람
등록번호 § 제387-1999-000006호
등록일자 § 1999. 5. 31
어람번호 § 제1-2179호

주소 § 경기도 부천시 원미구 부일로 483번길 40 서경B/D 3F (우) 420-822
전화 § 032-656-4452 팩스 § 032-656-4453
http://www.chungeoram.com
E-mail § chungeorambook@daum.net

ISBN 979-11-04-90322-9 04810
ISBN 979-11-04-90287-1 (세트)

FUSION FANTASTIC STORY

김재한 퓨전 판타지 소설

성운을 먹는 자

풍운(風雲)의 아이들

3

도서출판 청람

목차

제12장
무극(無極)의 권(拳)

성운을 먹는 자

1

흑영신교의 성지(聖地)에는 걷히지 않는 어둠이 있었다.

밤에도 낮에도, 어떤 빛의 침범도 허용하지 않는 어둠 속에서 소년의 목소리가 울려 퍼졌다.

"이제는 결말이 보이느냐?"

"네, 이제는 보입니다."

그에 대답한 것은 어린 소녀의 목소리였다.

소년이 물었다.

"무엇이 보이느냐?"

"파국입니다."

소녀의 목소리는 떨리고 있었다. 자신이 본 것을 두려워하는 것처럼.

"사도들은 목적을 이루지 못하고 실패할 것입니다. 그리고 반이 죽고 반만이 살아서……."

거기까지 말하던 소녀가 물었다.

"꼭 이리하셨어야 했습니까?"

"마음에 들지 않느냐?"

소년이 웃음 섞인 목소리로 묻는다. 소녀가 대답한다.

"어찌 제가 위대하신 분의 선택을 두고 호불호를 이야기하겠습니까. 다만 궁금할 따름입니다."

"하하하. 너는 그래도 된다. 나의 반려인 너는 예지하고 나는 선택하는 자이니, 너는 기꺼이 내 선택을 비난할 자격이 있노라."

한바탕 웃은 소년이 손을 뻗어 자신의 곁에 무릎 꿇고 앉은 소녀의 볼을 쓰다듬는다. 한 치 앞도 보이지 않는 어둠 속이건만 소년은 모든 것을 훤히 알아보고 있었다.

소년이 말했다.

"그들은 두려움을 모른다."

"두려움?"

"세상이 무섭다는 것을 모른다. 안온한 어둠 속에서 그저 날카롭게 갈아지기만 한 칼날은 세상에 자신이 베지 못할 것이 가득함을 믿지 않는다."

소년이 시선을 돌린다. 그러자 한편에 서 있던 자가 움찔했다. 그는 이 어둠을 꿰뚫어 볼 안력이 없으나 소년이 자신을 바라보는 순간 그 시선을 느낄 수 있었다.

"흑천령(黑天靈)."

소년이 그를 불렀다.

흑영신교 팔대호법 중에 하나, 흑천령.

20여 년 전 흑영신교가 궤멸의 위기에 처했을 때도 살아남아서 교를 재건한 일등공신이다.

그런 그가 소년 앞에서는 공손하기 그지없다. 이 어둠 속에서도 몸을 굽히며 극상의 예를 취한다.

"하명하시옵소서."

그것은 상대가 흑영신교의 정점에 선 자, 교주이기 때문이다.

흑영신의 화신이라 일컬어지는 자.

비록 나이 어린 소년이라고 하더라도 그 위대함의 빛이 바래지는 않는다. 인간의 육체는 위대한 흑영신이 이 지옥에서 죄인들을 구제하기 위해 입는 의복에 불과하니.

교주가 말했다.

"신녀가 내 선택의 이유를 궁금해하는구나. 그러니 네게 들어야 할 것이 있도다. 현재의 사도들을 어떻게 생각하느냐?"

소년은 교주이며, 그 곁에 있는 소녀는 신녀였다. 두 사람이야말로 흑영신교의 중추이며 모든 것이었다.

흑천령이 대답했다.

"강하기는 하나 유연하지 못합니다. 또한 적수를 만난 적이 없기에 두려움을 모르고 오만합니다."

"그들의 무위는 어떠한가?"

"지금의 저와 비등하거나 더 낫습니다.

"청출어람(靑出於藍)이란 말인가?"

"그러합니다. 흑영께서 인도하심으로 좋은 인재들을 찾아낸 덕분이지요."

"하지만 전대의 호법들과 비교한다면?"

"한참 못합니다."

조금 전까지 팔대호법의 무위를 자랑하던 흑천령이 가차없는 평을 내렸다.

20여 년 전, 흑영신교가 궤멸에 가까운 위기를 겪었을 때 팔대호법의 생존자는 단 세 명뿐이었으며, 그중에 지금까지도 현역으로 활동하는 것은 흑천령이 유일하다. 나머지 둘은 회복할 수 없는 내상을 입은 채로 후학을 길러내는 데 전념을 다했다. 그리고 한 명은 교의 재건을 위해 무리한 끝에 죽었고 하나는 원로의 지위를 얻었다.

즉 흑천령은 다른 현역 팔대호법의 스승이었다. 그는 흑영신교에서 교주와 그 반려로 일컬어지는 신녀 다음가는 지위를 얻었으며 무위 면에서 그를 능가한 다른 팔대호법도 그에게 예를 다한다.

문득 교주가 흥미로워하며 물었다.

"그렇다면 나는 어떠한가?"

"예?"

"전대 교주와 나를 비교한다면 어떤가?"

"감히 제 입으로 위대하신 분을 평가하는 죄를 저지를 수 없나이다."

"허락한다. 아니, 명하노라. 솔직한 평가를 말하라."

"……."

흑천령이 식은땀을 흘렸다. 강건한 신앙으로 무장한 그에게 있어 교주의 명령은 시련이었다. 그러나 그는 결국 눈을 질끈 감으며 솔직한 평가를 말했다.

"…한참 부족하십니다."

"그렇군. 이토록 뛰어난 육체를 입었는데도 아직 본연의 힘을 드러내기에는 부족하단 말인가. 오로지 시간과 경험만이 내 진정한 힘을 허락하는 열쇠이리니."

교주는 웃었다.

그는 흑영신의 화신, 인간의 예지를 초월한 존재다. 그러나 인간의 육체를 입고 이 지옥에 내려온 역대 교주들은 인세의 지식을 공유하면서도 독립된 인격을 가졌다. 전대의 교주와 지금의 교주는 같은 흑영신의 화신이지만, 동시에 다른 인간이다.

교주가 물었다.

"흑천령, 너도 내 선택이 잔혹하다고 여기는가?"

"감히 의견을 내는 죄를 범하지 않도록 허해주시옵소서."

"하하하. 알겠다. 내가 심술궂었구나."

교주가 웃었다. 그리고 말했다.

"그대의 안타까움을 안다. 쓸 만한 인재를 고르고, 그 가능성이 개화하도록 키워내는 것이 얼마나 어려운 일인지 이해하고 있노라. 흑천령, 그대의 공은 한두 마디로 평할 수 있는 것이 아니지. 그리고 저들은 그대가 노력하여 맺은 결실이다."

"그리 칭찬해 주시니 몸 둘 바를 모르겠나이다."

흑천령이 깊이 고개를 숙였다.

교주의 말대로였다. 흑천령과 다른 두 전대호법이 대륙 각지에서 인재를 발굴하여 키워내는 것은 정말로 험난한 시련이었다.

20여 년 전, 그들은 너무나도 많은 것을 잃었다.

무수한 교인을 잃었고, 대륙 각지로 뻗어 나가 조직을 지탱하던 기반을 잃었으며, 위대한 교주와 신녀마저 잃었다.

그리고 든든한 버팀목 역할을 하던 팔대호법을 비롯한 고수들이 죽으면서 그들이 전하지 못한 비전들이 유실되었다. 심지어 교의 비전무공을 기록한 비급들조차 불태워지고 말았다.

그런 상황에서 불과 20년 만에 지금의 팔대호법과 다수의 쓸 만한 전력을 키워낸 것만으로도 흑천령을 비롯한 원로들은 칭찬받아 마땅했다. 기반을 다 날려먹은 상황에서 어렵사리 키워낸 인재들이 이전의 팔대호법만 못한 것도 어쩔 수 없는 일이다.

교주가 신녀에게 말했다.

"내가 이 상황을 선택한 이유는 바로 그것이다. 지금의 호법들은 자신의 부족함을 모르고, 세상이 무서움을 모른다. 이것은 그들이 마땅히 거쳐야 할 시련이니라."

"아……."

"이 시련을 이겨내는 자만이… 진정한 사도가 되어 구원의 길을 걸을 것이다."

"……."

"부디 너만은 나를 이해하거라, 신녀여. 잔혹한 일이라고 하더라도 나는 결단을 내릴 수밖에 없느니."

교주가 신녀의 머리를 쓰다듬었다.

신녀는 미래를 보는 능력을 가졌다. 그녀는 예언하고, 교주는 미래를 선택한다. 그렇기에 흑영신교는 천 년의 역사를 이어올 수 있었다.

문득 신녀가 허공을 올려다보았다.

"아."

"또 무엇이 보이느냐?"

"흉왕이 오고 있습니다."

"결국 또 그인가? 정말로 만나보고 싶은 자로구나."

교주가 낮게 웃었다.

신녀가 말했다.

"사도들은 알게 될 것입니다."

"무엇을?"

"교주가 바라시는 대로 세상의 무서움을."

2

정적이 내려앉았다. 평소 세상에 무서울 건 서하령뿐이었던 마곡정조차도 식은땀을 흘리면서 굳어 있었다.

그 속에서 암운령이 혀를 찼다.

"쯧, 정말이지 제대로 풀리는 일이 하나도 없군. 수하들은 무능한 것들뿐이고……."

그의 눈길이 먼 곳을 향했다. 그곳은 마수가 날뛰고 있는 별의 수호자 총단 입구였다.

어느새 그 위를 붉은 날개를 가진 거대한 새 한 마리가 날고 있었다. 인간과의 계약에 의해 성해를 수호하는 영수, 적익조(赤翼鳥)였다. 아까 전에 성주의 저택에서 쏘아 올린 신호탄은 바로 적익조를 부르기 위함이었던 것이다.

적익조가 마수와 맞서니 별의 수호자도 대응이 훨씬 수월해졌다. 마수를 제압하기 위해 전열을 정비하는 것은 물론, 성해 곳곳으로 별의 군세를 보내어서 흑영신교도들을 제압하고 있었다.

암운령의 눈이 형운에게 향했다. 그 시선을 받는 것만으로도 형운은 소름이 돋았다.

"제자라는 녀석은 흉왕의 제자에게 깨지고… 흠, 역시 비천한 핏줄을 가진 놈은 재능이 좀 있다고 해봤자 싹수가 노란가?"

암운령이 쓰러진 이군혁을 보면서 투덜거렸다. 그러자 이군혁의 몸이 마치 누가 잡아 들기라도 한 것처럼 저절로 떠올라서 뒤로 내던져진다. 어느새 그곳에 나타난 흑영신교도들이 그를 받아 안았다.

암운령이 말했다.

"데려가서 치료하도록."

"예."

그들은 허공에 녹아들 듯이 모습을 감추었다.

암운령이 말했다.

"자, 그럼… 체면은 안 살지만 제자와 부하들의 실책은 내가 처리해야겠지. 할 일이 많으니 빨리 끝내야겠다."

"성해 한복판에서 여유를 부리다니 뒷일이 두렵지 않나요?"

서하령이 지친 목소리로 물었다.

암운령이 코웃음을 쳤다.

"어린 계집아, 서 있기도 힘든 것 같은데 얌전히 닥치고 잠이나 자려므나. 네년은 쓸모가 있으니 살려서 데려갈 것이다."

"그렇게는 안 될걸요."

"후후, 맹랑하구나. 그 버릇은 데려가서 차근차근 고쳐주기로 하마. 생각 없이 내뱉은 말들을 후회할 시간은 충분할 것이다."

암운령이 서하령을 핥듯이 바라보았다. 그 눈길에 깃든 광기와 욕망에 서하령은 소름이 끼쳤다. 그가 무엇을 생각하고 있는지는 굳이 입으로 듣지 않아도 뻔했다.

암운령이 말했다.

"그리고 내가 두려워할 게 뭐가 있지? 광세천교 그 미친것들 덕분에 여기에 남아 있는 오성은 둘뿐이고 그 외에 신경 쓸 건 오성도 되지 못한 늙은이 몇 명뿐인데… 그걸로 여기에 있는 팔대호법 넷을 막을 수 있다고 생각하느냐?"

"팔대호법이 넷이나?"

서하령이 깜짝 놀랐다.

그 정도라면 문제가 심각하다. 확실히 요즘 광세천교가 워낙 난리를 부려서 별의 수호자의 전력은 각지로 분산되어 있었다. 총단의 전력은 명백히 약화되어 있는 상태다.

하지만 그래 봤자 별의 수호자가 패하는 일은 없으리라. 그들이 품고 있는 저력을 암운령은 모른다. 기습당해서 피해를 입었다고는 해도 결국은 물리치리라.

'문제는 당장 우리를 구해줄 사람이 없다는 건데…….'

아무리 발버둥 쳐도 암운령과 대적하는 것은 불가능하다. 그저 마주하는 것만으로도 절대적인 격차가 느껴졌다.

암운령이 말했다.

"늙은이들이 두려워하는 흉왕이 왔을 때 즈음에는 모든 것이 끝났을 것이다. 아쉬운 일이지."

"…아쉽다고요?"

"이 손으로 직접 짓뭉개주고 싶었는데 늙은이들이 워낙 무서워하는지라 승부를 피할 수밖에 없으니 안타깝다는 뜻이다. 예전의 팔대호법은 나약하기 그지없는 자들이었지만 지금은 다르다. 늙어서 이빨 빠진 자들이 자기들의 무능을 공포로 포장하는 데 질린 우리가 그 자리를 대체했으니까."

암운령은 자신의 무위에 대한 자신감으로 가득했다. 대륙 곳곳을 돌아다니던 흑천령에게 선택되어 20년 동안 절세의 마공을 전수받은 그는 세상에 두려운 것이 없었다. 지금까지 정체를 감추고 강호를 돌아다니며 표적들을 처리하는 동안에도 단 한 번도 적수가 되는 자를 만나지 못했으니 그 자신감이 나날이 커져만 갔다.

그런 만큼 그는 원로들이 몸을 사리는 것에 불만이 많았다. 이미 그를 비롯한 새로운 팔대호법은 원로들의 힘을 뛰어넘었다. 그러니 거침없이 위세를 떨치며 일어나야 할 때인데도 그 행보가 위축되고 조심스럽기만 하니…….

교주가 성해 강습을 명했을 때, 암운령을 비롯한 새로운 팔대호법은 기꺼이 선봉장이 되길 자원하고 나섰다. 이제야말로 다시 태어난 흑영신교의 힘을 세상에 보여줄 때다!

잠시 멍하니 그를 바라보던 서하령이 말했다.

"착각이 심하군요."

"뭐라고?"

"당신은 분명 우리보다 강해요. 이 자리에 있는 누구보다도 강하죠."

그가 마음만 먹는다면 모두가 한순간에 살해당하리라. 그와 소년소녀들 사이에는 그만큼의 격차가 있었다.

"하지만 당신은 귀혁 아저씨의 상대가 못 돼요."

"하하하. 그렇게 믿고 싶겠지."

암운령은 서하령을 비웃었다. 그리고 손을 들었다.

"자, 그럼 일을 마쳐야겠군."

그의 살기가 형운과 마곡정에게 향했다. 형운과 마곡정은 동시에 다가오는 죽음의 형상을 보았다.

'막을 수 있을까?'

형운은 모든 기운을 끌어 올린 채 방어 자세를 취했다. 하지만 이게 의미가 있을까? 감극도로 막아낸다 한들 방어째로 박살 나지 않을까?

형운이 필사적으로 공포와 싸우고 있을 때였다.

"음?"

암운령이 움찔했다. 그가 갑자기 고개를 들어서 먼 곳을 바라보았다.

갑자기 저 멀리 무시무시한 기파가 공간을 격하고 그를 자극했다. 칼로 찌르는 듯한 기파가 주는 자극이 너무 뚜렷해서 반응하지 않을 수 없었다.

'뭐지?'

하지만 눈에 보이는 게 없다. 그는 의아해하며 눈살을 찌푸렸다.

그때 형운이 서하령에게 말했다.

"괜찮아."

"응?"

서하령이 형운을 바라보았다. 그리고 놀랐다.

형운은 조금 전까지의 공포감은 온데간데없이 희미하게 미소 지은 얼굴로 그녀를 바라보고 있었다.

"아무것도 걱정할 필요 없어."

"무슨 소리를 하는 거냐, 애송이?"

암운령이 이상한 놈 다 보겠다는 듯 물었다. 그러자 형운이 심호흡을 한 번 하더니 그를 똑바로 노려보며 말했다.

"곧 스승님께서 당신을 요절낼 테니 지금부터라도 목을 씻어두시지요."

"뭐?"

암운령의 미간이 꿈틀거렸다.

"애송이가 정신이 나갔나 보구나. 하긴, 흉왕이 미치광이라는 소문은 나도 들었지. 그 제자가 광기를 이어받았어도 이상할 건 없겠군."

"……."

"사부가 복수해 줄 것을 기대한다면 부질없는 기대는 버려라. 그 또한 이루어지지 않을 테니."

잔인하게 웃은 암운령이 손을 들었다. 그의 주변을 휘도는 구름 같은 어둠이 막대한 압력으로 퍼져 나가기 시작했다.

그때 또다시 그를 자극하는 기파가 있었다. 이번에는 좀 더 뚜렷했다. 그는 짜증을 내며 기파가 날아온 방향을 바라보았다.

그리고 눈을 크게 떴다.

'뭐지?'

하늘에서 지상까지 이어지는 비스듬한 빛의 궤적이 그려져 있었다. 그 궤적이 닿은 성벽에서 폭발이 일어나고, 흙먼지가 피어오르면서 충격파가 터져 나간다.

하지만 그것보다도 더 빠르게 빛의 궤적이 나아간다. 이쪽을 향해서 급속도로 가까워져 온다.

'소리보다 빠르다고?'

아직 성벽에서 일어난 폭발로 인한 소리가 암운령의 귀에 닿지 않았다. 그저 남들보다 훨씬 빠른 감각으로 시각적인 정보를 인지할 뿐이다.

빛의 궤적을 그려내는 무언가가 소리가 전달되는 것보다 더 빠른 속도로 다가오고 있었다.

콰광!

섬광이 내리꽂혔다. 가까이서 일어난 폭음이 성벽에서 일어난 폭음보다도 빠르게 암운령의 청각을 자극했다.

'뭐였지?'

언뜻 보건데 왠지 사람의 형상이었던 것 같다.

뭉게뭉게 피어오르는 흙먼지 저편에서 나직한 목소리가 울려 퍼졌다.

"목은 씻었느냐?"

"뭐라고?"

암운령이 분노하여 목소리의 주인을 바라보았다.

흙먼지 너머에서 소매가 너덜거리는 검푸른 장포를 걸친 중년 남자가 서 있었다.

"귀혁 아저씨!"

서하령이 반색하며 그의 이름을 외쳤다.

3

암운령은 경악했다.

"귀혁? 흉왕이란 말이냐?"

광세천교와 마찬가지로 한 번 궤멸에 가까운 타격을 받았던 흑영신교는 그동안 세대교체를 겪었다. 팔대호법 중에 아직도 지위를 유지하고 있는 이는 단 한 명뿐이었고 나머지 일곱은 새로운 세대라 귀혁과 싸운 일이 없었다.

그래서 암운령이 귀혁을 직접 만나는 것은 이번이 처음이다. 하지만 인상착의는 알고 있었기에 대번에 그를 알아보았다.

'어떻게 여기 있지?'

형운에게 얕보는 소리를 하긴 했지만 흑영신교 상층부는 귀혁을 절대 경시하지 않았다. 그래서 오성 중에서도 그의 행방에는 촉각을 곤두세웠다.

귀혁은 성해에서 충분히 먼 곳에 나가 있었고, 그를 유인하기 위해서 결사대를 준비했다. 이 일이 끝날 때까지 그가 여기 도착하는 일은 일어나지 않았어야 한다.

그런데 귀혁이 그의 앞에 서 있었다.

형운이 안도의 한숨을 내쉬며 말했다.

"늦으셨네요, 스승님."

"최대한 빨리 왔는데도 이렇구나. 잘하고 있었느냐?"

"그럭저럭요. 배운 만큼은 한 것 같은데요? 이런 제자에게 포상을 안 주시면 인심이 박하다고 악평이 자자할 정도로요."

형운이 너스레를 떨자 귀혁이 웃었다. 그런 그를 보는 형운이 흠칫 놀랐다.

'사부님의 호흡이 거칠어졌어.'

귀혁이 어깨로 숨을 쉬고 있었다. 형운이 귀혁의 제자가 된 지 2년이 지났지만 한 번도 보지 못한 모습이다.

형운은 몰랐지만 여기까지 오는 과정은 귀혁에게도 한계를 시험하는 시련이었다. 아무리 경공의 경지가 극에 달했다고 하더라도 소리보다도 빠르게 장시간 이동하는 것은 이미 인간의 경지를 넘어선 일이다. 귀혁조차도 내력 소모가 극심하고, 몸을 지킬 힘이 부족해져서 옷이 너덜너덜해지고 말았다.

하지만 귀혁은 겉으로는 절대 약한 기색을 드러내지 않았다. 그가 형운의 머리를 쓰다듬으며 말했다.

"무용담은 나중에 듣기로 하마."

"네."

"자, 그러면……."

귀혁이 형운 앞으로 걸어 나왔다. 그가 너덜거리는 소매를 보면서 말했다.

"숨 쉬는 것만으로도 세상을 오염시키는 것들이 감히 우리 앞마당에서 날뛰다니, 덕분에 별로 아끼는 옷은 아니었다만 멀쩡한 옷을 찢어먹으면서 왔지 않느냐? 옷값은 너희에게 청구하겠다."

"뭐라고?"

"대가는 네놈들 전원의 목숨이다."

귀혁이 말과 동시에 움직였다.

쾅!

섬광과 어둠이 뒤얽혀 폭발했다.

암운령이 허공으로 뛰어올라서 20장이나 떨어진 지붕 위에 착지했다. 동시에 그 앞에 귀혁이 나타났다.

꽈과광!

섬광이 태풍처럼 휘몰아치면서 그 자리를 날려 버렸다. 아슬아슬하게 그것을 피한 암운령이 이를 갈았다.

"이놈! 듣던 대로 오만방자하구나!"

"거울은 보고 이야기하는 게냐?"

귀혁이 코웃음을 쳤다.

그를 본 암운령의 표정이 굳었다.

'능공허도(凌空虛道)?'

귀혁이 허공에 떠서 그를 내려다보고 있었다.

경공이 발달하면 발달할수록 그것은 비행에 가까워진다. 하지만 결국은 도약의 연장선이라 떨어지는 시간을 늦출 뿐이다.

하지만 진정한 의미에서 경공이 극에 달한다면 그때는 더 이상 추락을 염려하지 않아도 된다. 마치 허공에 보이지 않는 디딤대가 있는 것처럼 자유자재로 움직일 수 있으니.

후우우우우……!

그런 귀혁의 몸을 감싸고 투명한 빛의 파랑이 휘몰아친다. 세상에 그를 폭풍권호라 알려지게 한 무공, 광풍혼(光風魂)이었다.

귀혁이 손가락을 까딱이면서 암운령을 도발했다.

"네놈이 믿는 마공이 얼마나 알량한 것인지 깨닫게 해주마. 덤벼라. 세 수를 양보하지."

"이놈!"

분노한 암운령이 눈에서 핏빛 안광을 쏟아내면서 쌍장을 날렸다. 검은 구름 같은 기운이 한데 뭉쳐서 광포하게 쏟아져 나갔다.

꽈광!

다음 순간 벼락이 쳤다.

그 자리에 있던 이들이 모두 경악했다. 암운령이 올라서 있던 건물이 한순간에 부서져서 날아가 버렸다. 충격으로 날아가고 남아 있던 부분이 붕괴하면서 일어 오르는 흙먼지 속에서 암운령이 피를 토했다.

"쿨럭……!"

그가 몸에 두르고 있던 구름 같은 어둠이 산산이 흩어져 버리고 옷이 너덜너덜해졌다.

그 앞에서 귀혁이 무심하게 중얼거렸다.

"감극도 마반극(魔反極)."

"마반극……?"

"아, 네놈 들으라고 말한 거 아니니 신경 끄거라."

"뭐라고?"

철저하게 자신을 무시하는 귀혁의 태도에 암운령이 울컥

했다.

하지만 섣불리 나서지 못한다. 성벽조차 날려 버릴 쌍장이었고 몸에 두른 암운기(暗雲氣)는 공성병기의 철추도 막아낼 호신력을 자랑했다. 그런데 단 일격에 그 방어가 파훼되면서 내상을 입은 게 아닌가?

귀혁이 물었다.

"그 무공으로 보건데 흑영신교의 팔대호법인 암운령이겠지?"

현재 성해의 상황이 어떤지 귀혁은 모른다. 흑영신교가 급습해 와서 큰 피해가 났다는 사실만 얼핏 보았을 뿐이고, 거의 도달했을 때 즈음 형운을 발견해서 급하게 이곳으로 왔을 뿐이다.

하지만 암운령을 보는 순간 그의 정체를 알 수 있었다. 전대 암운령이 그의 손에 죽었기 때문이다.

귀혁이 혀를 찼다.

"팔대호법의 수준도 땅에 떨어졌군. 하긴 그 정도로 열심히 밟아줬으니 당연한가? 내 손에 죽은 전대 암운령은 훨씬 수준이 높았건만."

"하! 제자나 스승이나 도발하는 솜씨는 일품이군."

"도발 아니다만?"

"뭐?"

"너는 지금 스스로가 내가 도발씩이나 해서 허점을 만들어야 할 만큼 대단한 존재라고 여기느냐? 착각도 유분수군. 전대 암운령이 파리라면 너는 구더기다. 날개도 없는 구더기 주제에 인간이 도발까지 해가면서 상대해 주길 바라느냐? 욕심이 지나치구나."

"……."

암운령은 할 말을 잃었다.

이쯤 되면 화가 나는 게 아니라 어처구니가 없다. 살면서 이렇게 무시당해 본 적이 있었던가?

귀혁이 말했다.

"자신이 뭐에 당했는지는 아느냐?"

"큭……."

모른다. 귀혁이 무슨 수법을 쓴 건지 전혀 파악할 수가 없었다.

귀혁이 코웃음을 쳤다.

감극도 마반극.

그것은 감극도의 절대감각으로 읽어낸 마인의 마기에 자신의 기운을 동조, 고스란히 되돌려 주는 기술이었다.

즉 귀혁은 암운령의 마기를 낱낱이 읽어낼 수 있었다. 그에 비해 암운령은 귀혁의 기운을 읽어내지 못한다. 이것은 둘 사이에 큰 격차가 존재한다는 의미였다.

'내력은… 삼 할 정도쯤 회복됐군.'

암운령과 대치하는 동안 귀혁의 호흡이 빠르게 안정되어 갔다.

시간을 끌면 끌수록 귀혁에게 유리하다. 호흡이 회복되는 것은 물론이고 소모되었던 내력조차도 빠르게 차오른다.

하지만 암운령 역시 고수임은 분명하다. 계속 조롱하는 소리를 늘어놓기는 했지만 그것은 어디까지나 전술의 일부다. 귀혁도 이렇게 지친 상태로는 암운령을 상대로 방심할 수 없었다.

아니, 애당초 귀혁은 어떤 상대를 만나도 절대 방심하지 않는다. 언제나 냉철하게 적의 전력을 파악하고 최선을 다할 뿐이다.

그렇기에 지쳤으면서도 초반에 선수를 쳤다. 그 일격으로 상대를 도발하고, 능공허도와 마반극으로 허세를 떨어서 망설임을 유발했다. 좀 무리하기는 했지만 그 결과 충분히 호흡을 고를 여유를 얻었다.

'이런 놈이 셋 더 있나?'

성해 곳곳에서 강렬한 기파를 뿜어내는 자들이 있었다. 물론 귀혁의 감각이 성해 전체를 아우르는 것은 아니다. 하지만 이 정도 고수라면 전력을 다해 싸울 때 뿜어져 나오는 기파가 수백 장 밖까지 전해지는 법이다.

'하나는 풍성과 싸우고 있군.'

총단 근처에 거대한 기파가 충돌하는데 그중 하나는 익숙하다. 풍성 초후적이다.

'그리고 나머지 둘이 화성과 싸우고 있나? 이놈과 달리 다른 팔대호법은 바보는 아닌 모양이군.'

풍성, 화성과 싸우는 팔대호법은 혼자서 싸우는 우를 범하지 않았다. 주변에 여럿이 모여 이룬 강대한 기파가 느껴지는 것으로 봐서 지원군이 붙어 있으리라.

'그래도 나머지 놈들 수준도 이 정도라면 문제없겠지.'

암운령이 상당한 고수인 것은 사실이다. 하지만 풍성도, 화성도 충분히 그들을 압도할 수준이며 심지어 그들이 없어도 별의 수호자는 이들과 대적할 저력이 있었다.

"흠, 안 덤빌 거냐? 두 수 남았다만 나도 별로 시간이 없으니 안 덤빌 거면 없던 걸로 하고 해치우마."

귀혁이 손가락을 까딱거렸다.

4

"언제까지 나를 무시할 수 있는지 두고 보겠다."

암운령이 이를 갈며 공격에 나섰다. 그를 감싼 먹구름 같은 기운이 급격하게 확대되며 주변을 집어삼켰다. 귀혁의 시야가 완전히 차단된다.

"끝장을 내주마!"

그 속에서 암운령의 목소리가 천둥소리처럼 쩌렁쩌렁 울려 퍼졌다.

동시에 주변에서 수백 발의 공격이 날아들었다. 시야를 제약시킨 먹구름 같은 기운과 완벽하게 동화된 기공파였다. 주변을 잠식한 암운 속에서 불쑥 솟아나듯이 쏟아지는 이 공격 앞에서는 어지간한 고수라도 제대로 반응조차 하지 못하고 무너질 것이다.

파바바바바밧!

하지만 사방팔방에서 소나기처럼 쏟아지는 공격도 귀혁의 영역에 들어서는 순간 모조리 와해될 뿐이다.

감극도였다. 귀혁은 감극도로 모든 것을 인지하고, 실제의 손발만이 아니라 기로 형성한 수백 개의 손발로 대응함으로써 불가침의 성벽을 구축하고 있었다.

"암운 뒤에 숨어서 잔재주나 부리면서 나를 쓰러뜨리겠다니, 정말로 겁이 많구나."

귀혁이 코웃음을 치며 주먹을 뻗었다. 직후 암운 너머에서 천둥소리가 울려 퍼졌다.

꽈과광!

"크헉……!"

암운령의 신음이 들려왔다.

귀혁이 손을 휘휘 저으니 반투명한 섬광이 돌풍처럼 몰아치면서 암운을 걷어냈다. 그 너머에서 암운령이 입에서 피를 흘리며 비틀거리고 있었다. 귀혁이 손가락을 까딱거렸다.

"그 정도로 쓰러지는 건 아니겠지? 아직 한 수 남았다."

암운령은 발끈했으나 쉽게 나서지 못했다. 그만큼 타격이 컸다.

'암운 너머로 나를 정확히 파악하고 치다니.'

암운령이 펼친 암운은 그가 완전히 통제하는 기의 영역이다. 그는 그 속에서 일어나는 모든 일을 낱낱이 알 수 있지만 그 속에 갇힌 상대는 시야가 차단되는 것은 물론이고 기감조차도 둔화된다.

그런데 귀혁은 기공파의 소나기를 정확하게 인지하고 대응한 것은 물론, 암운령의 위치를 완벽하게 파악하고 반격했다.

또한 그 한 수는 일격이 아니었다. 언뜻 일격으로 보이지만 일타삼격의 묘리로 구성되어서 거의 동시에 이격, 삼격이 작렬한다. 암운령도 일격이라 여기고 대응했다가 낭패를 당했다.

물론 그것에 온전히 당하지 않고 대부분의 충격을 비껴낸 것만으로도 암운령의 기량은 높이 평가받아야 한다. 그 증거는 주변에 드러나 있었다.

쿠르르르릉……!

암운령의 뒤쪽에 부채꼴로 충격파가 퍼져 나가면서 건물 두 채를 박살 내버렸다. 제대로 맞았다면 암운령은 산산조각 났으리라.

"헉, 헉……."

긴장으로 식은땀이 흐르고 숨이 거칠어진다.

불현듯 암운령은 이상을 깨달았다.

'내 호흡이 거칠어지다니? 고작 이 정도에?'

있을 수 없는 일이다.

내공이 심후한 자는 일반인처럼 쉽게 호흡이 흐트러지지 않는다. 암운령 정도의 고수라면 일반 병사들을 상대로는 하루 종일 쉬지 않고 싸울 수도 있었다.

내력 소모가 극심하다면 호흡도 흐트러지겠지만 성해 강습이 시작된 후로 그는 그리 심하게 내력을 쓰지 않았다. 그리고 귀혁에게 입은 타격도 그렇게까지 크지는 않다.

그런데도 호흡이 거칠어지고 있다. 점점 더 숨 쉬기가 힘들어진다.

암운령의 뇌리에 한 가지 무공이 떠올랐다.

"이건 설마… 중압진인가?"

"꽁무니 빼고 도망간 늙은이들이 알려준 모양이군?"

귀혁이 코웃음을 쳤다.

첫 격돌 때 귀혁은 이미 중압진을 펼쳐두고 있었다. 그런데도 암운령이 알아차리지 못한 이유는 간단하다. 주의를 다른 곳으로 돌리면서 아주 옅은 밀도로 전개했기 때문이다.

시간이 지나면서 귀혁은 중압진의 밀도를 점점 더 높였다. 그리고 이제는 암운령조차도 호흡이 힘들어질 정도로 농밀해졌다.

"이제 알아차려 봤자 이미 늦었다."

암운령이 눈치를 채자 귀혁은 밀도를 단숨에 높였다. 그저 호흡하기가 곤란한 정도가 아니라 움직임마저 제약된다. 마치 깊은 물속에 있는 것처럼 몸에 둔중한 부하가 걸린다.

그 속에서 오로지 귀혁만이 자유로웠다. 암운령은 전율했다.

'진기를 이런 식으로 펼쳐둘 수 있다니, 이게 정녕 기환술이 아니라 무공이란 말인가?'

기환술이라면 어떤 기기묘묘한 일이 발생해도 받아들일 수 있었을 것이다.

하지만 이것은 무공이다. 암운령 역시 기의 본질을 이해하고 있는 고수이기에 그 사실을 확신했다. 몸의 기맥을 따라서 흐르는 진기를 의념으로 제어하는 것만으로 이런 결과를 낼 수 있다니, 도무지 그 원리를 알 수가 없었다.

"크……!"

암운령은 급히 중압진의 영역에서 빠져나가고자 했다.

하지만 그의 움직임은 물속에 빠진 것처럼 느려진 데 비해 귀혁의 움직임은 그대로였다. 그가 달아나는 만큼 귀혁이 성큼 다가와서 거리가 유지되었다.

중압진의 무서움은 바로 이 효과가 나타나는 영역이 귀혁을 중심으로 한다는 데 있다. 즉 귀혁에게서 일정 거리 이상 떨어지지 않으면 중압진에서 벗어날 수 없는 것이다. 그리고 귀혁은 중압진을 펼친 채로도 얼마든지 움직일 수 있었다.

귀혁이 여유롭게 말했다.

"아직 한 수 남았다. 쳐보지도 않고 꽁무니를 뺄 생각이냐?"

"가증스러운 놈!"

암운령이 분노했다. 그의 눈이 혈광으로 물들면서 암운이 자욱하게 퍼져 나갔다.

그런데 그 기세가 이상하다. 조금 전에 비해 퍼져 나가는 속도가 현저히 느렸다. 마치 물에다 떨어뜨린 먹물이 번져 가는 것 같았다.

암운령이 경악했다.

'암운기마저 억제되다니!'

실체의 움직임만이 아니라 기의 운행마저도 제약받을 줄

이야?

'그렇다면……!'

이미 중압진에 사로잡힌 이상 암운기로 적을 가두고 치는 전법은 쓸 수 없다. 심지어 기공파도 철저하게 그 속도와 위력이 억제되리라.

암운령은 결사의 각오로 한 수를 준비했다. 그도, 귀혁도 의념만으로 기를 자유자재로 움직여 현실에 영향을 끼칠 수 있는 의기상인의 경지를 넘은 자. 이런 상황에서도 꺼내 들 비장의 한 수 정도는 있었다.

'공간을 초월한 일격을 날려주마!'

퍼져 나가던 암운이 마치 시간을 거꾸로 돌린 것처럼 다시 암운령의 몸으로 빨려 들어간다. 그 기운이 모조리 한 점으로 압축되는 데 걸린 시간은 채 한 호흡도 되지 않았다.

암운령은 체내에서 기를 격발하며 주먹을 뻗었다.

'받아라!'

그의 주먹이 중압진을 헤치고 폭발적으로 뻗어 나갔다. 그리고 거의 동시에, 그 도중에 어떤 궤적도 그려내지 않고 귀혁의 측면에서 강맹한 기운이 폭발했다.

콰과과광!

폭음이 울리며 귀혁이 발 딛고 있던 건물이 부서져서 날아갔다.

이것이야말로 진정한 격공(隔空)의 기(技)다.

흔히 격공권이나 격공장이라고 하는 것들은 어디까지나 기공파를 의미한다. 하지만 진정한 격공의 기는 그런 것이 아니다. 공격이 날아가는 궤적조차 남기지 않고, 말 그대로 공간을 뛰어넘어서 적을 친다.

'어떠냐?'

암운령은 이 일격으로 귀혁에게 타격을 입혔음을 확신했다. 아무리 귀혁이라도 중압진으로 이쪽의 손발을 묶었다고 확신한 순간 격공으로 시야의 사각을 찔렀으니 반응할 수 없었으리라!

"흠."

하지만 그 기대는 금세 산산조각 났다. 흙먼지 속에서 귀혁이 멀쩡한 모습으로 나타났기 때문이다.

"비장의 한 수가 고작해야 격공의 기였나?"

귀혁이 시큰둥한 표정으로 암운령을 바라보았다. 그 눈에 깃든 실망을 본 암운령은 오싹했다. 이자는 정말로 자신의 기량에 실망하고 있었다.

귀혁이 혀를 찼다.

"쯧쯧. 보아하니 내공은 7심을 넘은 모양인데… 그 내공으로 이거밖에 못하나? 내공이 아깝군."

쾅!

동시에 암운령의 측면에서 보이지 않는 기운이 작렬했다. 그걸 얻어맞은 암운령이 옆으로 날아갔다.

콰광! 쾅!

마치 그 방향에서 기다렸다는 듯 연격이 다각도로 이어진다.

첫 일격은 암운기에 의존해서, 그리고 두세 번째는 거의 반사적으로 받아낸 암운령은 간담이 서늘해졌다.

'격공의 기? 이, 이렇게 쉽게 쓰다니!'

귀혁은 아예 아무런 동작도, 아니, 심지어는 기를 응축해서 발하는 조짐조차 없이 격공의 기를 쓰고 있었다. 그가 온 정신을 집중해서 쏘아낸 것을 숨 쉬듯이 자연스럽게 재현하는 것이다.

우우우우웅!

그리고 깊은 곳의 물처럼 농밀한 중압진이 뒤흔들리기 시작했다. 폭풍우 치는 바다 같은 격렬한 파랑이 몰려와서 암운령을 뒤흔든다.

중압진의 응용기, 격랑(激浪)이었다.

"크어억……!"

겨우 호흡을 다잡고 있던 암운령이 괴로운 숨을 토해냈다. 심후한 내공을 가진 그는 한 호흡만으로도 하루 이상을 버텨낼 수 있었다. 하지만 막대한 압력으로 뒤흔들어대는데야 대책이 없다.

암운령이 급히 내력을 끌어모아 몸을 보호했다. 하지만 그보다 귀혁이 더 빨랐다.

"공간을 뛰어넘는다. 그 참뜻을 담은 극의를 보여주마."

말과 함께 그의 몸이 빛으로 휘감겼다.

"어……?"

다음 순간, 중압진이 씻은 듯이 사라지면서 귀혁이 암운령의 시야에서 사라져 버렸다.

멍청하니 서 있던 암운령이 천천히 뒤를 돌아보았다. 그곳에는 뒷짐을 지고 서 있는 귀혁이 있었다.

"이건 설마, 무극의 권……?"

궁극의 경지를 입에 담는 그를 귀혁이 돌아보았다. 그가 피식 웃으며 말했다.

"정답이니라. 심상경(心狀境)에도 들지 못한 애송이의 저승길 선물로는 과분하지 않느냐?"

"하하하……."

암운령이 공허하게 웃었다.

"…분하지만 인정할 수밖에 없군, 흉왕."

그리고 그의 몸이 빛으로 화해 부서져 버렸다.

5

"어, 뭐가 어떻게 된 거지?"

형운이 멍청하니 중얼거렸다.

귀혁의 마지막 공격은 아무런 여파도 낳지 않았다. 그저 그가 공간을 뛰어넘어서 암운령의 뒤에 나타났을 뿐이다.

그런데 암운령이 빛으로 화해서 스러졌다. 그것은 암운령이 패해서 쓰러졌다기보다는 기기묘묘한 기환술로 자취를 감춘 게 아닌가 의심스러운 광경이었다.

귀혁이 형운의 앞에 내려섰다.

"보았느냐?"

"보긴 했는데… 뭐가 뭔지 모르겠는데요? 그 암운령이라는 사람은 어떻게 된 거죠?"

"죽었다."

"……."

"사람다운 죽음은 아니었으나 애당초 사람의 길을 벗어난 자이니 상관없겠지. 무인으로서 미숙한 주제에 무극의 권에 맞고 죽었으니 영광인 줄 알아야 할 게다."

"무극의 권? 그게 뭐예요?"

"신검합일(身劍合一)은 알겠지?"

"그야 알죠. 몸과 검이 하나가 되는 듯하다는 최고의 경지잖아요."

"무극의 권이 그와 같은 경지이니라. 하지만 주먹은 원래부터 자기 몸의 일부니 하나가 되니 뭐니 할 수가 없지 않느냐? 그래서 그렇게 불리는 거지."

형운은 할 말을 잃었다. 전설적인 경지를 너무 쉽게 말하고 있으니 따라가기가 힘들다.

무극(無極)의 권(拳).

귀혁이 말한 대로 검술의 신검합일과 동등한 경지로 일컬어지는 극한의 기예다. 그 권을 발하는 순간, 권사는 육체의 제약을 초월하여 기화(氣化)한다. 세상 만물을 이루는 본질, 기(氣)로 스스로를 바꾸는 것이다. 그로써 인간의 육체가 받는 모든 물리적 제약을 초월하여 빛보다도 빠르게 적을 친다.

이 일격을 받은 자는 정신과 육체 모두가 기화되어 스러지고 만다. 인간이 존재했던 흔적 자체를 말살해 버리는 신의 징벌 같은 일권이다.

설명을 마친 귀혁이 말했다.

"뭐 별것 아니다. 세상 만물을 이루는 기의 본질을 이해하고 자신의 심상을 현실에 그려내는 경지, 즉 심상경에 이르기만 하면 쉽게 할 수 있단다. 그리고 그 경지에 오르면 적이 이 수법을 써도 막을 수 있고."

'아니, 그게 별것 아니면 대체 뭐가 별것인데요?'

형운은 그렇게 따지고 싶은 걸 참았다. 귀혁은 뭔가 대단한 걸 보여줄 때마다 별거 아니라고 하는데 그럼 대체 그가 '별것' 으로 취급하는 게 뭔지 궁금해진다.

거기까지 생각하던 형운은 문득 오싹한 가정 하나를 떠올렸다.

"잠깐만요. 스승님. 그러니까… 지금 그 무극의 권이라는 것은 그걸 쓸 수 있는 경지에 오르지 않으면 막을 수 없다고 하신 거지요?"

"그렇다."

"무조건요? 무슨 수를 써도?"

"적어도 무인은 그렇다고 봐도 된다. 기환술사는 사정이 다르고."

"……."

즉 대다수의 인간을 상대로 절대무적의 한 수라는 것 아닌가? 이런 터무니없는 무공이 존재했을 줄이야.

형운이 흘끔 보니 마곡정도 창백하게 질려 있었다. 귀혁의 무위를 직접 보니 질려 버린 모양이었다.

하지만 서하령은 완전히 반응이 달랐다.

"역시 아저씨!"

얼굴을 발갛게 물들인 채 눈을 반짝반짝 빛내고 있었다.

귀혁이 그런 그녀의 어깨를 잡고 말했다.

"많이 지친 것 같구나. 잠시 뒤돌아보겠니?"

"네."

서하령이 돌아서자 귀혁이 그녀의 등에 손을 대고 진기를 불어넣어 주었다. 영수의 피를 각성시켰던 여파로 파리해졌던 그녀의 안색에 혈색이 돌았다.

약간이나마 기운을 찾은 서하령이 우아하게 몸을 숙이며 인사했다.

"감사해요, 아저씨."

"하령아."

문득 귀혁이 물었다.

"네가 보기에 형운이는 어떤 것 같으냐?"

"음?"

갑작스러운 물음에 서하령이 고개를 갸웃하며 형운을 바라보았다.

"신기해요."

"어떤 점이?"

"아저씨가 무슨 수를 써서 저 애를 저렇게 만든 건지 전혀 짐작이 안 되거든요."

"성운의 기재인 네가 보기에도 그러느냐?"

"그 이야기는 빼고요."

서하령의 표정이 샐쭉해졌다.

귀혁이 말했다.

"어쨌거나… 네가 있어서 형운이도 살았구나."

"아니요."

서하령이 고개를 저었다.

"팔대호법의 제자를 쓰러뜨린 건 형운 스스로 해낸 거예요."

"호오, 적이 팔대호법의 제자였느냐?"

"네."

"과연. 기대 이상으로 잘해냈구나, 형운아."

"그렇게 생각하시면 포상이나 주시죠. 정상적인 식사라거나?"

"보통 이럴 때는 '다 스승님의 가르침 덕분이죠' 라고 겸양하지 않더냐?"

"그랬다가는 진짜 그렇다고 하시면서 넘어가실 거잖아요."

"네가 슬슬 나를 너무 잘 아는구나."

귀혁이 껄껄 웃었다.

그러다가 문득 웃음을 그치고 말했다.

"이제야 오는군."

귀혁과 암운령이 격돌한 여파로 폐허가 되어버린 주변에서 검은 옷을 입은 이들이 다가오고 있었다. 별의 수호자 총단에서 나온 무사들이었다. 귀혁이 한숨 돌리면서 그들을 불러들인 것이다.

귀혁이 말했다.

"그럼 뒤는 저들에게 맡기고 나는 다른 곳에 한 손 보태러 가봐야겠구나."

"조심하세요. 여기까지 오시느라 지치신 것 같은데."

"네가 나를 너무 약하게 보는구나. 하지만 그러도록 하마."

형운의 말에 미소 지은 귀혁이 땅을 박차고 날아올랐다. 가볍게 뛴 것만으로 수십 장을 가로지른 그가 점점 가속하면서 저편으로 멀어져 갔다.

그 모습을 멍하니 보고 있던 형운에게 서하령이 말했다.

"있잖아."

형운이 서하령을 돌아보니, 그녀도 마찬가지로 귀혁이 사라져 가는 모습을 보고 있었다. 잠시 침묵하던 그녀가 형운을 돌아보며 말을 이었다.

"아까 하려던 말… 뭐였어?"

"음?"

형운은 그녀가 무슨 말을 하는지 알아듣지 못해서 어리둥절했다. 서하령이 샐쭉한 기색으로 말했다.

"그 골목에서 하려고 했던 말 있잖아."

"아, 그거."

형운은 그제야 자신이 그녀에게 귀혁에 대해서 뭔가 말하려고 했던 것을 기억해 냈다. 그 후에 일어난 일들이 워낙 충격적이라서 까맣게 잊고 있었다.

잠시 생각하던 형운이 말했다.

"그러니까… 아마 사부님은 네가 성운의 기재라고 해서 싫어하거나 하지 않으실 거야."

"…하지만 귀혁 아저씨는 나를 제자로 받으라는 요청을 거절하셨는걸."

"음."

풀 죽은 서하령의 말에 형운은 잠시 말문이 막혔다. 그건 또 모르고 있던 사실이었다.

하지만 형운은 곧 고개를 저었다.

"그건 너를 싫어해서가 아닐 거야."

"어떻게 확신해?"

"스승님은 성운의 기재를 '내가' 넘어야 할 대상으로 보고 계신 거지 미워하시는 게 아니거든. 네가 성운의 기재라는 건 제자로 받지 않을 이유는 되지만 싫어할 이유는 되지 않지."

"……."

"네가 성운의 기재라는 게 밝혀진 후에도 대하는 태도가 변함없으셨지?"

"…응."

서하령이 고개를 끄덕였다.

형운이 웃었다.

"그런 분이야, 스승님은. 그러니까 안심해도 돼."

"그렇구나……."

서하령이 형운의 시선을 피하며 말했다.

형운이 그녀를 바라보고 있는데 그 앞에 무사들이 다가왔다.

"이제부터는 저희가 호위하겠습니다. 총단으로 돌아가시지요."

"아, 일단 가려 누나를 좀 봐주세요."

형운은 예은과 함께 있는 가려를 바라보았다. 그녀는 상황이 정리되어서 좀 안도한 기색이었다.

"누나, 제가 도와드릴 테니까 운기하세요."

"괜찮습니다. 이 정도는……."

"안 괜찮은 거 아니까 말 좀 들어요. 내상이 심한 것 같으니 운기나 해봐요."

형운은 대번에 그녀가 심한 내상을 입고 있음을 알아보았다. 이미 부상이 심한 상태에서 이군혁이 형운에게 싸움을 걸어올 때 무리해서 일어났던 것이 상태를 더 악화시켰다.

"명령이에요."

고집스럽게 형운을 바라보던 가려는 결국 그 말에 따를 수밖에 없었다. 그녀가 운기조식을 시작하자 형운이 그 등에 손을 대고 진기를 전해주었다.

그렇게 한번 진기를 전신에 돌리고 나니 가려의 안색이 한결 나아졌다. 그녀가 몸을 일으켰다.

"이제 괜찮습니다."

"아직 안 괜찮아 보이는데……."

"더 이상 시간을 지체하고 있을 수는 없습니다."

가려가 고집스럽게 말했다.

하지만 그 말도 맞았다. 주변에 위험이 산적해 있는데 그녀를 회복시키겠다고 여기서 계속 머무를 수는 없는 노릇이다.

'예은이도 있고.'

특히 무공을 모르는 예은을 생각하면 어서 총단으로 돌아가야 했다.

예은이 떨리는 목소리로 말했다.

"저, 저기 공자님."

"이제 괜찮아, 예은아. 총단으로 돌아가자."

"그게… 그게 아니라, 저기……."

예은이 머뭇거렸다. 꼭 말해야 할 것이 있는데 망설이는 기색이라 형운이 물었다.

"왜 그래? 무슨 일이야? 말해봐."

"동생이……."

"아."

어렵사리 꺼낸 첫마디만 듣고도 형운은 예은이 하고 싶은 말을 알아차렸다.

예은에게는 동생이 있었다. 부모를 일찌감치 여의고 숙부네 집에 얹혀 살고 있다가 별의 수호자 총단에서 일하게 되었다고 한다.

흑영신교의 강습은 성해 전체를 난리 통으로 만들고 있었다. 실질적으로 난리가 난 곳은 한정되어 있지만 혹시나 그곳에 예은의 숙부네 집이 있는 곳이 포함되어 있다면…….

"예은아, 너희 집이 어디에 있어?"

예은에게 대답을 들은 형운이 무사를 하나 붙잡고 부탁했다.

"이쪽으로 사람을 파견해서 상황을 알아봐 주세요. 상황이 위험하면 사람들을 피난시켜 주고요."

"알겠습니다."

평소에는 별로 실감하지 못하지만 별의 수호자 내에서 형운의 지위는 상당히 높았다. 무사는 영성단 소속이 아니었지만 형운이 말하자 한마디도 토를 달지 않고 따랐다.

형운이 예은을 안심시켰다.

"들었지?"

"네."

고개를 끄덕인 예은이 얼굴을 빨갛게 붉히고는 말했다.

"감사합니다, 공자님……."

"뭘. 예은이 가족이면 내 가족이나 마찬가지인데."

"과, 과분한 말씀이세요."

예은 입장에서는 정말 황송한 말씀이었다. 하지만 형운은 개의치 않고 말했다.

"오늘 외출은 엉망진창이었지만… 다음에 또 나오자. 그때는 네 동생도 한번 소개시켜 줘."

그 말에 예은은 멍하니 형운을 바라보다가 고개를 끄덕였다.

"네, 꼭."

6

귀혁이 암운령을 쓰러뜨린 지 반 시진(한 시간) 후, 성해를 덮친 흑영신교의 무리는 패퇴해 물러갔다.

애당초 그들의 인원은 그리 많지 않았다. 동시다발적인 파괴행각과 마수를 이용, 성해에 혼란을 일으킨 뒤 그 틈을 타서 별의 수호자 총단에 잠입해서 무언가를 탈취하는 것이 그들의 목적이었다.

하지만 그 목적은 수포로 돌아갔다. 귀혁이 돌아온 것도 문제였지만 별의 수호자가 지닌 전력이 그들의 예상보다 훨씬 강력했던 것이다.

결국 마수가 제압당한 시점에서 네 명의 팔대호법 중 두 명이 사망하고, 나머지 전력도 삼분의 일만이 살아남아서 도망쳤다.

흑영신교의 교주는 머나먼 성지의 어둠 속에서 이 모든 일을 지켜보았다.

"저것이 흉왕이로군."

이 성지에서 교주는 대륙 어디든 손바닥 들여다보듯이 훤히 볼 수 있는 천리안의 영능을 가진다. 그는 귀혁과 암운령의 싸움을 지켜보고 흥미로워했다.

"과연 무서운 자로다. 보이는구나. 그가 영혼에 품은 불길의 거대함이."

교주의 눈은 특수하여 다른 인간이 보지 못하는 것을 본다. 인간의 본질, 그 영혼이 무엇을 품고 있는지까지.

그의 눈에 귀혁은 거대한 불길처럼 보였다. 한낱 인간의 몸으로 세상을 뒤흔들 무언가를 이루고자 하는 업을 진 자.

"그 업이 무엇인지 궁금하구나."

"선대께서도……."

문득 흑천령이 입을 열었다. 교주의 시선이 자신에게 향하자 이 어둠 속에서도 그것을 느낀 흑천령이 고개를 조아렸다.

"소신이 주제를 모르고 허락도 없이 입을 놀렸나이다."

"용서하노라. 그러니 말하거라."

"선대께서도 그를 보고 같은 말씀을 하셨습니다."

"그리고 그에게 패하였나?"

"…그렇습니다."

당연히 흑영신교를 궤멸시킨 것이 귀혁 혼자서 한 일은 아니다.

그러나 귀혁이 그 속에서 가장 큰 전공을 세운 것은 사실이었다. 전대 교주는 귀혁과 일대일로 싸워 패했다.

"성운을 먹는 자……."

불현듯 교주가 중얼거렸다.

흑천령이 흠칫 놀라는 순간, 잠자코 있던 신녀가 입을 열었다.

"별의 운명을 거머쥐는 자를 가리키는 말입니다."

"그 광오한 이름과 관련하여 무엇이 보이느냐?"

"지상에 떨어진 별……."

"성존인가?"

"모르겠습니다. 그러나 하늘로 돌아가고자 하는 마음을 가진 별, 그리고… 그 업을 집어삼키려는 인간."

"흥미롭도다."

교주가 웃었다.

문득 그가 어둠 저편을 보며 말했다. 거짓말처럼 웃음이 사라진 목소리였다.

"…초대하지 않은 손님이 찾아오셨군."

어둠 속에 한줄기 스산한 바람이 불었다. 흑천령은 흠칫 몸을 떨었다.

'산 자가 아니다!'

팔대호법은 무공이 출중할 뿐만 아니라 영적인 감각도 깨어 있는 자들만이 될 수 있었다. 흑영신교는 어디까지나 위대한 신을 섬기는 종교단체이기 때문이다.

교주가 전투태세로 들어가는 흑천령을 제지했다.

"가만히 있거라. 적의를 갖고 찾아오지 않았으며, 그렇다 한들 해를 끼칠 수도 없으니."

"혜안이 뛰어나시군."

중후한 목소리가 울려 퍼졌다.

마치 눈앞에 목소리의 주인이 있는 것처럼 생생한 목소리다. 하지만 그곳에는 아무도 없었다.

교주가 말했다.

"광세천의 종이여, 무슨 볼일로 성지를 엿보는가?"

"그대와 말을 나누고 싶었을 뿐이네."

"고작 그것을 위해 만 리 저편에서 목소리를 보냈는가?"

목소리의 주인은 바로 또 다른 2대 마교, 광세천교의 교주였다. 흑영신교의 성지에서 일만 리(약 4천 킬로미터)나 떨어진 광세천교의 성지에서 목소리만을 보내온 것이다.

광세천교주가 웃었다.

"당대의 화신이 그 위엄을 드러냈으니 봐두어야 하지 않겠는가?"

"오로지 목소리만을 나누는 상황인데 '본다' 는 표현을 쓰다니 우습군. 어쨌든 이번 일은 감사하게 생각한다."

"알고 있었나?"

"모를 거라고 생각했는가?"

"확신은 없었다. 다만 알아차리길 바라고는 있었지."

광세천교주의 목소리는 능글맞았다.

흑영신교주가 코웃음을 쳤다.

"예지를 가진 자 둘이서 미래를 보고 선택한다 해도 결국은 하나만이 남지."

두 교단의 사이는 극도로 나쁘다. 그런데도 이번 성해 강습은 마치 둘이 연합한 듯이 완벽하게 맞아떨어졌다. 외부에서 광세천교가 준동하면서 별의 수호자의 전력을 분산시키고, 그 틈을 타서 흑영신교가 성해를 친 것이다.

이런 일이 가능했던 것은 흑영신교에서 신녀가 본 미래를 토대로 흑영신교주가 결단을 내렸기 때문이다. 동시에 흑영신교주는 광세천교에서 이런 상황을 바라고 있었음을 꿰뚫어

보았다.

광세천교에도 예지자가 있다. 그리고 광세천교주는 예지를 바탕으로 이런 결말을 유도한 것이다.

흑영신교주가 말했다.

"또 이런 일이 벌어질지 알 수 없으나, 분명히 해두겠다. 진리는 하나뿐, 그러니 결국 이루어지는 예언은 하나뿐일 것이다."

흑영신교와 광세천교는 서로 상이한 교리를 가졌다. 그리고 둘 모두 언젠가 도래할 미래를 이야기하는 예언을 천 년의 세월 동안 간직해 왔다.

광세천교주가 말했다.

"물론이다. 그러나… 지금은 이 순간을 즐기고 싶군. 어쩌면 우리는 공동의 적을 상대로는 좋은 아군이 될 수도 있을 것이다."

그것이 마지막이었다. 광세천교주의 기척이 어둠 저편으로 멀어져 갔다.

흑영신교주가 낮게 웃었다.

"재미있는 소리를 하는구나. 광세천의 종인 주제에 아주 제대로 미쳐 있군. 흥미로운 자로다. 언젠가는……."

곧 웃음을 그친 그가 말했다.

"아니, 지금은 이 열기를 곱게 접어두도록 하지. 지금은 위대한 흑암 속에서 살아남은 나무의 가지를 쳐야 할 때니. 모든 나무가 대지에 튼실하게 뿌리를 내린 장성한 나무가 되었을 때, 우리는 다시 세상에 나설 것이다."

"교주의 뜻대로 될 것입니다."

흑천령이 깊이 고개를 숙였다.

7

성해가 한바탕 뒤집어진 후에도 형운의 삶에는 변화가 없었다. 다람쥐 쳇바퀴 굴리듯이 무공 수련을 반복할 뿐이다.

아니, 엄밀히 말하면 변화가 있긴 있었다.

"요전에 가르쳐 주신 건 다 익혔어요. 한번 봐주세요."

서하령이 일과 시간에 찾아와서는 귀혁에게 달라붙어서 애교를 부리는 것을 볼 수 있게 되었고…….

"사부님 허가도 났겠다! 이제 거리낄 게 없지! 붙자!"

서하령을 따라와서 귀찮게 구는 마곡정을 상대하게 되었다.

형운이 퍽 한심해하는 눈으로 마곡정을 바라보았다.

"넌 진짜 머릿속에 싸움 말고 다른 거 안 들었냐?"

"무슨 소리를! 자나 깨나 어떻게 하면 무공을 더 발전시킬까 궁리하느라 여념이 없지!"

"……."

이런 놈을 무공광이라고 하는 건가? 형운이 그렇게 생각할 때 마곡정이 목소리를 낮춰서 중얼거렸다.

"…나도 이제 누나한테 그만 맞고 살고 싶단 말이다."

순간 형운은 마곡정을 보는 시선이 완전히 달라졌다. 그가 무공에 집착하는 이유가 이것이었단 말인가? 갑자기 그의 집념이 막 이해되기 시작했다.

의외로 귀혁은 마곡정이 찾아오는 것은 제지하지 않았다.

"대련 상대로는 나쁘지 않지. 내 참관하에 대련을 벌이는 건 허락하마."

"진짜입니까?"

마곡정이 신나서 눈을 빛냈다.

반면 형운은 귀찮아 죽는 표정이었다.

"사부님, 꼭 해야 돼요?"

"만날 나하고만 상대하는 것보다는 도움이 될 게다."

"하지만 그 뭐시냐, 무공 정보가 유출되거나 하는 거 곤란하잖아요."

"어차피 오성끼리는 서로의 무공에 대해서 기본적인 정보는 다 꿰고 있다. 선택한 것이 다를 뿐이지 뭘 익히는지는 대충 알거든."

"사부님은 예외이지 않아요?"

귀혁의 절기는 하나같이 그가 독자적으로 창안한 것들이었다. 귀혁이 빙그레 웃었다.

"내 무공도 결국은 별의 수호자가 긴 역사 속에서 다듬어온 것들을 기반으로 한단다. 진짜 감춰야 할 것은 미리 말을 해줄 테니 걱정 말거라."

"으……."

형운이 노골적으로 싫어하는 기색을 보이자 귀혁은 능글맞게 웃으면서 떡밥을 던졌다.

"이러면 어떠냐? 네가 저 녀석을 완전히 제압하면 하루 동안 모든 일과를 면제해 주마."

"하겠습니다!"

순식간에 형운의 눈이 의욕으로 이글이글 타오르기 시작했다.

형운이 호기롭게 팔을 걷어붙였다.

"네 소원대로 한판 붙자!"

"오, 웬일로 의욕을 보이시나?"

"반드시 이겨야 할 이유가 생겼거든."

"그래? 안 됐구나. 이기는 건 나야."

"결국 내 방어는 한 번도 못 뚫은 주제에 말이 많다."

"겁쟁이처럼 막기만 하는 주제에."

"뭣이 어째?"

둘은 귀혁의 참관 하에 신나게 투닥거렸다. 그리고 결국 승부를 내지 못하고 지쳐 나가떨어졌다.

8

이렇게 조금씩 달라지는 환경 속에서 형운은 더더욱 무공 수련에 박차를 가했다. 이전에도 수련에 임하는 자세가 성실했으나 성해의 난리 통을 겪은 후로는 의욕이 활활 불타오르는 게 눈에 보일 정도였다.

귀혁이 물었다.

"요즘 아주 마음가짐이 좋아졌구나."

"그래야 한다는 걸 알았거든요."

"이제 잠은 편안히 자고 있느냐?"

"아직……."

거기까지 말하던 형운이 얼굴을 붉혔다. 귀혁이 자신의 속내를 꿰뚫어 보았음을 깨달았기 때문이다.

성해의 난리 통 이후, 형운은 때때로 악몽에 시달렸다.

누구에게 내색하지는 않았지만 아직도 그때 사람을 쳐서 죽였던 감각이 손끝에 남아 있는 것 같았다. 그럴 수밖에 없는 상황이었고, 또 그래야만 하는 상황이었지만 당시의 끔찍한 감각이 사라지지 않고 마음을 괴롭혔다.

괴로운 것은 그것뿐만이 아니다. 형운은 이제야 비로소 예전에 귀혁이 했던 말의 진정한 무게를 깨달았다.

"거짓말은 하지 않으마. 내 제자가 되면 너는 누군가와 싸워 죽이는 법을 배우게 될 것이다. 그리고 그런 삶을 살게 될 것이다. 그때가 되면 슬프고 힘들더라도 이렇게 살아가는 게 좋았을 거라고… 그렇게 생각하게 되는 날이 올지도 모른다."

그때는 그 말에 담긴 뜻이 이토록 무거울 거라고는 생각 못했다. 그저 어렴풋이 머릿속으로 잔혹한 상황을 그려봤을 뿐이다.

무공을 배워서 사람의 생사를 너무나도 가볍게 결정할 수 있는 힘을 가졌다. 그리고 누군가가 자신에게 살의를 품고 달려드는 상황을 당연하게 받아들여야만 한다.

그 사실이 괴로웠다. 악몽 속에서 형운은 살인을 저지르는 것보다도 그 전에 누군가 자신에게 살의를 품고 죽이고자 한다는 사실을 두려워하고 있었다.

형운의 고민을 들은 귀혁이 담담하게 말했다.

"무인이라면 누구나 한 번쯤은 겪게 되는 문제란다."

"사부님도 겪으셨나요?"

"그래."

귀혁에게도 자신에게 사람의 목숨을 취할 힘이 있다는 것을, 그리고 그런 상황이 반드시 닥쳐온다는 것을 깨닫고 고민하던 시절이 있었다. 언제나 흔들림 없어 보이는 그도 미숙하고 번민하던 과거가 있는 것이다.

형운이 실감이 안 간다는 듯 말했다.

"왠지 믿어지질 않아요."

"나라고 날 때부터 이랬겠느냐? 사람은 살아온 과거로 이루어진 존재란다."

"그래도요. 스승님은 왠지 저만했을 때부터 뭐든지 척척 해냈을 것 같거든요."

"그건 맞다. 뭔가를 못해서 난감했던 기억이 별로 없긴 하구나."

"……."

형운의 눈에 어렸던 공감의 빛이 썰물 빠지듯이 사라져 버렸다.

귀혁이 피식 웃었다.

"너는 내가 아니다. 같은 문제를 마주하더라도 느끼는 게 다를 수밖에 없지. 정답은 없다. 그러니 지금은 괴로움을 이겨내고 앞으로 나아가거라. 언젠가 지금의 괴로움이 강한 너를 만들어줄 테니."

"그래도 좀 덜 괴롭고 싶은데 말이죠."

형운은 한숨을 쉬면서 먹음직스럽게 구워진 사슴 고기에 젓가락을 가져갔다. 그리고 숙성된 고기의 맛과 구린내를 연상시키는 실로 오묘한 쓴맛이 함께 혀끝에서 작렬하는 고통에 몸부림치면서 생각했다.

'특히 이런 괴로움은 제발 그만 좀!'

그렇게 또 형운의 하루가 시작되고 있었다.

제13장
일월성단(日月星丹)

성운을 먹는 자

1

성운의 기재로 알려진 천유하는 일찌감치 강호에 명성을 떨쳤다.

어린 나이에 예령공주를 구해서 황실에서 치하를 받은 사건은 이미 유명하다. 그래서 고작 지역 명문에 불과한 조검문의 제자임에도 그 이름이 하운국 전체에 알려져 있었다.

하지만 그는 그런 명성에도 불구하고 대외적으로 얼굴을 드러내는 일이 적었다. 아니, 정확히는 적어졌다고 해야 할 것이다.

"거기까지! 조검문의 천유하가 승리했음을 선언하겠소!"

와아아아아!

넓은 장원 한가운데 설치된 비무장을 둘러싼 군중들이 환호성을 질렀다.

조검문을 비롯하여 인근 세 개 성의 이름난 문파들이 모여 새해를 맞이하여 개최한 비무대회, 신룡연(新龍宴)이었다. 그곳에서 열일곱 살 이하의 어린 소년 소녀들이 겨루는 소년부 결승이 방금 끝났다.

규모가 큰 대회였던 만큼 자기 지역에서는 다들 이름이 알려진 기재들이 참여했고 다들 빼어난 기량을 보였다. 그럼에도 다들 한 사람의 활약 앞에 묻히고 말았다.

소성검(小星劍) 천유하.

황실에 불려가서 치하를 받은 후 1년여의 시간 동안 외부에 전혀 얼굴을 보이지 않고 있던 성운의 기재가 다시금 그 실력을 선보였다. 그 앞에서 누구도 스무 합을 겨루지 못하고 패배하고 말았다.

천유하가 정중하게 관객들에게 예를 표하고 내려오자 스승인 진규가 속삭였다.

"많이 봐주는구나."

"티가 났습니까? 역시 아직 멀었군요."

"고수들 정도나 알아봤을 게다."

진규가 피식 웃었다.

천유하는 비무대회 내내 상대를 봐주면서 싸웠다. 다들 문파에서 자신 있게 내보낸 인재들이라 실력이 뛰어났지만 천유하가 마음만 먹으면 한두 명을 제외하고는 다섯 합을 넘기지 못했으리라.

하지만 이런 축제에서 괜히 모욕을 줘서 반감을 사기보다는 어느 정도 체면을 세워주기로 한 것이다. 상대가 알았다면 한층 더 모욕적으로 느꼈을 수도 있겠지만 천유하는 교묘하게 상황을 조절했다.

천유하가 말했다.

"솔직히 내공만으로도 제가 반칙을 하는 기분이라 좀……."

"하하, 저놈들도 아마 다른 아이들 보기엔 마찬가지일 거다."

"그래도 제 나이에 5심 내공은 역시 반칙이죠."

천유하가 쓴웃음을 지었다.

별의 수호자 총단에 가서 일월성단—태양을 먹은 뒤 천유하의 내공은 말 그대로 폭증했다. 또한 세상에는 알려지지 않았지만 그 후로 또 한 번 천고의 기연을 만나면서 내공 성취가 5심에 이르렀다.

아직 올해 생일이 지나지 않아 열여섯 살도 안 된 천유하의 내공이 5심이라니, 실로 경악할 만한 일이다. 아마 강호를 통틀어도 이 나이에 이 정도 내공을 성취한 이를 찾기 어려우리라.

'하지만 그 녀석들이라면…….'

그래도 천유하는 자만하지 않았다. 별의 수호자 총단에 갔을 때의 경험이 아직도 생생했기 때문이다.

진규가 말했다.

"네 덕분에 우리 체면이 서는구나. 청년부에선 아무래도 힘들 것 같으니."

"우성 사형이라면 그래도 충분히 선전할 겁니다."

"그래 봤자 8강이나 4강 정도일 게다. 다른 놈들이 쟁쟁해서 원. 네가 청년부에 나갔어야 하는 건데."

"아니, 아무리 그래도 청년부는 좀 힘들지 않을까요."

"충분히 해볼 만했을 게다."

진규가 코웃음을 쳤다. 그러더니 화제를 돌렸다.

"그건 그렇고, 네가 칩거하고 있는 동안 재미있는 이야기가 왔다."

"칩거라니… 그렇게 말씀하시면 제가 무슨 은둔자 같잖습니까. 전 어디까지나 수련에 매진했을 뿐인데."

"그러다 기연도 만나고 말이지. 스승에게도 말 못할 기연."

"아니, 그건… 그러니까……."

"뭐 됐다. 영수들이 변덕스러운 거야 당연한 일이고 맹세를 지키는 거야 사내로서 당연한 일이니."

천유하가 만난 기연은 산중 수련을 하다가 영수를 구명해 준 일이었는데 그들과 누구에게도 그 일을 발설하지 않겠노라고 맹세를 나누었다. 그래서 결코 떳떳치 못한 일이 아님을 스승에게 확언하고 비밀을 지켰던 것이다.

난처해하는 제자의 반응을 즐기던 진규가 말했다.

"황실에서 초대장이 왔단다."

"황실에서요?"

"그래, 다른 사람도 아니고 네 앞으로 온 초대장이지."

"설마 예령공주님께서 보내신 건가요?"

"운희 님이 보내셨구나."

"운희 님께서요?"

천유하가 깜짝 놀랐다.

진규가 설명했다.

"요즘 곳곳에서 마교들이 준동해서 분위기가 어수선하다는구나. 그래서 그 대책을 논의하고자 강호의 협객들을 황실의 이름으로 초청하는데, 너도 꼭 참여해 줬으면 좋겠단다."

"…아니, 그런 거창한 이유로 협객들을 모시는 데 사부님도 아니고 저를 초대한단 말입니까?"

"뭐, 나도 초대받기는 했다만 어디까지나 곁다리란다. 벽지에서 쪼끔 이름난 늙은이야. 앞날이 창창한 성운의 기재에 비하면 이런 취급받는 게 당연하지 않겠느냐?"

"사, 사부님……."

"하여튼 제자놈이 너무 잘나서 걱정이야. 이 나이 먹고 막 질투가 나니 원, 쯧쯧."

"……."

진규가 토라진 척 자기를 놀려대자 천유하는 난처해하면서 입을 다물었다. 그게 진규가 즐기는 반응이라는 거야 잘 알지만 여기서 도대체 무슨 말을 하겠는가?

진규가 말했다.

"신룡연이 끝나고 나면 올라갈 준비는 해두자꾸나."

"황도까지 무척 먼데 바로 올라가야 하지 않을까요?"

"그럴 필요는 없을 것 같단다. 모이는 때가 5월이라 아직 넉 달이나 남았거든. 한 달쯤 있다가 출발하면 될 게다."

당장 마교가 준동하고 있는 상황에서 대책을 논의하고자 사람을 모으면서 이렇게 느긋한 게 이상해 보일지도 모른다. 하지만 아무래도 하운국은 워낙 국토가 방대하여 전국 각지에서 사람을 한곳으로 모으려면 그 정도 여유 기간은 필요했다.

천유하가 물었다.

"황실에서 초대하는 협객들이라면 다들 쟁쟁한 사람들이

겠지요?"

"그렇겠지. 이런 벽촌의 늙은이보다야 강호를 쩌렁쩌렁 울리는 성운의 기재쯤 되어야……."

"아이고, 사부님. 제발 그만해 주세요. 제가 잘못했습니다."

"허허, 그래. 이번에는 아마 팔객도 볼 수 있을 게다. 선검 기영준 같은……."

"혹시 그분도 올까요?"

"그분?"

"폭풍권호 말입니다."

"아마 오지 않겠느냐? 황실과도 친분이 있는 것 같으니… 흠. 그렇군. 너, 그의 제자가 신경 쓰이는 것이로구나."

"네, 뭐, 그 녀석뿐만이 아니라 거기서 만난 다른 아이들도 좀……."

"이런 자리니 다른 아이들이 올지는 모르겠군. 하지만 폭풍권호도 제자 정도는 데려오겠지."

천유하가 별의 수호자 총단에 다녀온 지도 벌써 1년이 지났다.

그동안 형운은 얼마나 성장했을까? 그리고 자신에게 패배를 안겨주었던 마곡정이나, 같은 성운의 기재이고 여성의 몸이면서도 괴물 같은 실력을 보여주었던 서하령은?

천유하는 그들을 다시 만나는 날이 기대되어서 가슴이 두근거렸다.

2

"슬슬 내공이 버틸 수 있는 수준은 된 거 같군."

한바탕 오전 수련을 마치고 형운의 운기조식을 도와준 귀혁이 말했다. 깊게 들이마셨던 숨을 서서히 토해낸 형운이 물었다.

"버틸 수 있는 수준이요?"

"일월성단을 섭취하고도 살아 있을 수 있는 수준을 말하는 게다."

"아니, 말씀을 하셔도 꼭……. 받아들일 수 있는 수준이라거나 토대가 마련됐다거나, 좋은 표현 많잖아요."

"이 사부는 있는 그대로를 말하길 즐긴단다. 유감스럽게도 네가 아직 그렇게 온건한 표현을 쓸 수준은 아니다."

"헉, 4심이나 되었는데도요?"

흑영신교가 성해를 덮친 지도 3개월이 지나 새해가 밝았다. 열여섯 살이 된 형운은 좀 굵직한 비약들을 섭취하여 소화해 내면서 내공이 4심에 도달해 있었다.

이쯤 되니 이제 내공으로도 마곡정에게 밀리지 않는다. 심심하면 쳐들어오는 마곡정과의 대련은 아주 팽팽한 양상으로 일진일퇴를 거듭하고 있었다.

귀혁이 말했다.

"너야 그저 4심을 이루었을 뿐이잖느냐? 4심을 완성했다고 자랑할 수 있는 수준이라면 모르겠다만."

"그야 그렇지만… 하여튼 말씀을 하셔도 제자 기분 좋게 해줄 생각을 안 하신다니까."

광혼심법은 다른 심법과 달리 기를 체내에 쌓는 효율이 극도로 떨어지고 기의 운용에 있어서도 특별한 묘용을 보이지 못한다. 하지만 다른 심법과 달리 무조건 충분한 양의 기를 모으기만 하면 기심을 형성할 수 있는 장점이 있었다.

이 특성을 이용, 형운은 비약을 물처럼 먹고 약선으로 괴로워한 끝에 4심의 내공을 이루었다. 그러나 4심이라고는 해도 아직 그릇을 형성했을 뿐이지 그 속이 완전히 채워지지 않았다. 또한 새로운 기심을 생성하여 수위를 올리는 데 집중했기에 기존 기심들의 그릇을 확장시키지 않은 상태다.

즉 이삼십 대에 4심을 이룬 평범한(?) 무인들과 비교하면 아무래도 많이 부실한 4심인 것이다.

귀혁이 말했다.

"기분 좋은 말을 해준다고 현실이 달라진다더냐? 어쨌든 이 사부가 도와줄 테니 이제 슬슬 일월성단을 먹을 각오를 해둬라.”

“각오까지 해야 해요, 그거?”

형운도 좀 이름난 비약들을 먹는 게 일상적으로 먹는 비약을 먹는 것과는 부담감이 다르다는 건 체감했다. 몸속에서 엄청난 기운이 폭발적으로 퍼져 나가는데, 자칫 잘못하다가는 기맥이 터져 버릴 것 같아서 두려웠다.

하지만 귀혁이 말하는 ‘각오’는 그 부담감과는 또 한 차원 다른 느낌을 풍겼다.

“그래, 사실 너뿐만 아니라 나도 좀 각오를 해야 한다. 그 천유하에게 일월성단—태양을 먹였을 때 이 사부가 어떻게 되었는지를 되새겨 보거라.”

“으음…….”

“이건 쉽게 다른 사람을 협력자로 부를 수도 없는 노릇인지라 이래저래 준비를 좀 했단다.”

이제는 형운도 그의 말에 담긴 속뜻을 이해할 수 있었다. 천유하 때야 황실의 명령을 받고 수행하는 일이라 다른 오성과 협력할 수 있었다. 하지만 이번에는 다른 오성을 믿고 일을 진행하기가 껄끄럽다.

“그럼 어째요? 제가 더 내공이 증진된 후에 도전하는 게 낫지 않나요?”

“그래서는 너무 늦다.”

"늦어도 확실하게 가면 된다면서요? 게다가 제 성취가 느리다니 아마 세상 모든 무인이 뒷목 잡고 쓰러지지 않을까요? 저 요즘 가려 누나가 종종 짜증내면서 바라보던데."

"응? 호위가 그런 말을 한단 말이냐?"

"말은 안 하죠. 근데 태도에서 팍팍 묻어난다니까요."

형운이 투덜거렸다. 요즘 들어서 제대로 된 음식을 먹고자 하는 가려와의 사투도 점점 격렬해지고 있었다.

귀혁이 웃었다.

"그야 호위무사 입장에서 보면 그럴 수도 있겠구나. 그러고 보니 네 호위무사… 가려라는 아이가 아직도 잘 버티고 있었지?"

"네."

형운이 인상을 구겼다. 형운의 놀라운 성장에도 불구하고 가려는 아직도 철벽이었다. 온갖 잔머리를 동원해서 아슬아슬한 국면을 만들어보기도 했지만 아직까지 성공하지 못했다.

귀혁이 말했다.

"흠, 과연. 석준이 재능이 있는 아이라고 하더니 이유가 있었군. 조만간 내가 한번 봐야겠어."

"네? 사부님께서요?"

형운의 눈이 휘둥그레졌다. 귀혁이 아랫사람들에게 관심

을 기울이는 경우는 처음 보았다.

"석준이 은근슬쩍 자주 언급을 하는 걸 보니 좀 밀어주고 싶은 마음이 있는 모양이던데… 어떤 아이인지 관심이 생기더구나."

"석준 아저씨가요? 헉, 설마……."

"음?"

"가려 누나한테 마음이 있는 건 아니겠죠? 석준 아저씨 그 나이에 미혼이잖아요!"

"…그게 그런 식으로도 해석이 될 수 있구나. 놀랍군."

"그게 아니면 대체 뭔데요? 하지만 안 돼요. 가려 누나가 얼마나 예쁘고 귀여운데! 가려 누나의 짝이 되려면 제가 인정하는 사람이어야죠."

"……."

생전 처음 보는 제자의 열렬한 반응에 귀혁은 할 말을 잃었다. 이건 단순히 호위무사를 대하는 반응이 아닌데?

귀혁이 넌지시 물었다.

"설마 그 아이에게 마음이 있느냐?"

"네?"

"그러니까 네가 그 가려라는 아이한테 마음이 있느냐 이거다."

"제, 제가요?"

형운이 눈을 휘둥그레 떴다. 그런 질문을 받을 거라고는 상상도 못한 모양이다.

"예쁘다면서?"

"네, 가려 누나 예뻐요. 사부님도 한번 보시면 인정할걸요. 평소에 복면 쓰고 다녀서 다들 모르는 거지, 벗고 다니면 아마 추종자들이 줄을 설 거예요."

"귀엽다고도 했고."

"그럼요! 가려 누나가 얼마나 귀여운데! 평소에는 얼음장처럼 차가운 태도를 보이려고 애를 쓰지만 잘 보면 이거 완전……."

"그게 마음이 있는 여자를 말할 때의 반응 아니더냐?"

"…어라?"

형운이 멈칫했다. 하지만 곧 손을 휘저었다.

"에이, 아니에요. 가려 누나가 예쁘고 귀여운 건 사실인데 손잡고 싶다거나 사귀고 싶다거나 그런 생각은 해본 적 없어요. 여자한테 마음이 있다는 건 좀 더 애틋해서 가슴을 붙잡고 그 사람만 생각하게 되는… 그런 거잖아요."

"흠. 남녀 간의 마음이란 네가 생각하는 것보다 훨씬 가벼운 데서부터 출발한다고 나는 생각한다만."

"제가 사부님께서 하시는 말씀이라면 다른 건 다 듣겠지만 그건 좀……."

"어째서?"

"사부님도 독신이시잖아요. 연세가 벌써 일흔이 넘으셨는데도."

"……."

"이런 건 아무래도 가정을 이루신 분이 말씀하셔야 설득력이 있죠."

형운은 스스로의 말이 설득력 넘친다는 듯 짐짓 고개를 끄덕여 보이기까지 했다.

귀혁이 눈살을 찌푸렸다.

"어허, 내가 성혼하지 않은 것은 어디까지나 위험을 일상처럼 안고 살아야 하는 입장이라 그런 것이다."

"헉, 그럼 저도 가정을 이루지 못하고 살아야 하나요?"

"아니, 뭐 꼭 그런 건 아니다만… 가정을 이루고 싶은 게냐?"

"언젠가는요."

어릴 때 부모를 잃고 고생고생하면서 고아로 살아온 형운은 화목한 가정을 동경하고 있었다.

"어디 가도 가슴을 펴고 살 수 있는 사람이 되어서, 좋은 여자 만나서 행복한 가정을 이루고 싶은데요."

"흠……."

잠시 신기한 듯이 형운을 바라보던 귀혁이 말했다.

"이야기가 잠시 다른 데로 빠졌구나. 어쨌든 내가 서두르는 건 다 이유가 있다."

"뭔데요?"

"황실에서 초대장이 왔단다."

"초대장이요?"

귀혁은 조검문의 우격검 진규가 천유하에게 설명했던 것과 동일한 내용을 형운에게 설명해 주었다.

형운이 물었다.

"저도 거기 가는 거예요?"

"그렇다."

"흠, 즉 어디 내놓아도 부끄럽지 않은 수준으로 만들 필요가 있다 이 말씀이군요."

"그렇지."

"와, 사부님. 체면 때문에 제자를 위험의 구렁텅이로 밀어 넣으시다니 너무하시는 거 아니에요?"

"그럼 그냥 이대로 가겠느냐?"

"그래도 되잖아요?"

"거기 다른 놈들의 제자들도 올 테니 내 눈이 미치지 않는 데서 한바탕 싸우게 될 수도 있는데? 각자 다른 조직에서 무공을 익히면서 자존심이 하늘을 찌르는 애들을 모아두면 필연적으로 사고가 터질 거라고 본다만. 뭐 네가 지금 상태로도 충분히 대응 가능하다고 여긴다면야 강요하진 않으마."

"…아."

그제야 형운은 사태를 파악했다. 표정을 싹 바꾸면서 말한다.

"하하하. 그래서 그 일월성단은 언제 먹는 건가요? 오늘? 내일?"

"뭐 네가 내키지 않는다니 그냥 나중에 천천히 먹자꾸나."

"아이 참, 스승님. 제자가 농담 좀 한 걸 갖고 왜 이러실까. 제가 걔네들 앞에서 빈약하단 소리 들어야겠어요?"

이미 마곡정을 통해서 무인이 얼마나 제멋대로 튈지 모르는 존재임을 충분히 실감한 형운이었다. 마곡정처럼 막나가는 놈이 세상에 그렇게 많을 거라고 믿고 싶지 않지만 어쨌든 모르는 누군가의 인격에 기대를 품는 건 바보짓이다.

어울리지 않게 애교를 떨어대던 형운이 문득 생각났다는 듯 물었다.

"아, 그러고 보니… 그럼 거기 혹시 천유하도 와요?"

"글쎄다. 솔직히 조검문이 이런 일로 황실에 초대받기에는 아무래도 격이 많이 떨어지지. 하지만 그 아이는 황실과 인연이 있으니 초대받을지도 모르겠다."

"사부님, 저 각오가 됐어요. 부디 일월성단을 주세요!"

"호오, 그 아이에게 지긴 싫은가 보구나."

"솔직히 제가 그놈한테 성취 면에서 안 밀릴 수 있는 건 내공밖에 없잖아요? 내공이라도 잔뜩 키워야 좀 당당해지죠."

"호승심을 품는 거야 좋다만… 그건 스스로 말하면서도 좀 비참하지 않느냐?"

언제나 사실을 직시하도록 가르친 귀혁이지만 형운 스스로 이렇게 말하는 걸 보니 어이가 없다. 하지만 형운은 당당했다.

"내공도 실력이라면서요? 만날 재능 없다 성취가 느리다 타박하셔 놓고 이제 와서 왜 그러세요?"

"그야 그렇다만……. 어쨌든 의욕을 갖는 건 좋은 일이지. 하지만 좀 기다려라. 일월성단 먹는 건 뚝딱 해치울 수 있는 일이 아니니까."

"네."

귀혁은 그리 말하고 수련을 마쳤다. 먼저 수련장을 나가던 그가 문득 생각났다는 듯 형운을 돌아보며 말했다.

"형운아."

"네?"

"아까 하던 이야기인데… 이 사부가 독신이긴 하다만 여태까지 많은 여성과 염문을 뿌려본 몸이란다."

"…아, 네. 그렇군요."

"어째 표정이 영 믿음이 안 간다는 표정이다만."

"그럴 리가요. 전 스승님이 지금까지 독신으로 사신 이유가 여자에게 인기 없어서였을 거라고는 절대 생각하지 않았어요. 정말입니다."

"……."

"진짜라니까요."

믿음이 하나도 느껴지지 않는 형운의 말에 귀혁이 인상을 구겼다.

3

"황실에서 귀혁 아저씨 앞으로 초대장이 왔다면서?"

그렇게 물은 것은 서하령이었다.

그녀와 마곡정이 형운의 방에 와 있었다. 마곡정이 대련을 벌이고자 찾아와서 한바탕 한 다음 셋이서 이 방에 모여서 차를 마셨던 것이다.

물론 두 사람의 차는 평범한 차였지만 형운의 차는 약선이었다. 향은 참 꽃향기 같아서 좋은데 맛은 혀가 아릴 정도로 쓴맛이다.

하지만 이제는 슬슬 자기 미각이 망가진 게 아닌가 걱정하는 형운은 표정을 찡그리지도 않고 말했다.

"응. 마교 준동에 대한 대책을 논의하고자 강호의 협객들을 초대한다는데…….”

“너도 데려가신대?”

“그런다고 하셨어. 아, 마곡정. 너도 가냐?”

“글쎄? 우리 사부님이 초대받으셨는지 잘 모르겠는데?”

별의 수호자 내에서야 절대적인 권위를 갖지만 바깥세상에는 오성의 진정한 실력이 알려져 있지 않다. 워낙 정보 조작을 열심히 해왔기 때문에 세간에서는 지방의 명사 정도로 평가받으며 별의 수호자라는 조직을 등에 업었기에 권위를 인정해 주는 정도라고 한다. 귀혁이 초대받는 것도 어디까지나 황실의 인물들 중 그가 폭풍권호임을 아는 이들이 있기 때문이다.

“하긴 사부님에 대해서 떠도는 일화들을 보면… 사부님 정체를 만천하가 알고 있다면 큰일 나겠지?”

“그렇지.”

귀혁이 폭풍권호로 활동하면서 관군과 충돌한 게 한두 번이 아니다. 황실의 권위를 손상시켰다면서 현상금이 걸렸다가 취소한 적도 있는 판국이라 정체가 공공연하다면 별의 수호자에 불벼락이 떨어졌으리라.

서하령이 말했다.

“귀혁 아저씨는 워낙 황실의 협조 요청을 받아서 움직이신 적도 많으니까 눈감아주는 걸 거야. 황실 입장에서도 별의 수호자는 함부로 대할 수 없고. 어쨌든 부럽다."

"응? 황실에 가는 거?"

"그보다는 귀혁 아저씨랑 둘이서 여행가는 거. 나도 가고 싶은데……."

"……."

볼을 살포시 붉히는 서하령을 보니 정말 예쁘다. 예전에는 이런 예쁜 여자애랑 친밀하게 대화를 나누는 날이 올 거라고는 상상도 못했다.

마곡정이 말했다.

"칫. 나도 가보고 싶은데."

"너도 황궁에는 흥미가 있냐?"

"아니, 뭐 그보다는 각지에서 고수들이 모여드는 거 아냐. 너 포함해서 제자들도 올 거고."

"그렇지?"

"그놈들 실력을 볼 좋은 기회인데… 아깝다, 아까워."

"……."

이런 쌈닭 같은 놈 같으니. 형운은 고개를 설레설레 저었다.

서하령이 말했다.

"넌 요즘은 형운하고도 일진일퇴면서 거기 갔다가 망신당할걸?"

“큭, 한때의 현상일 뿐이야. 나도 요즘 새 무공들을 배우고 있으니 곧 압도할 거라고.”

“글쎄다. 내 생각에는 아마 곧 네가 얻어터질 거야.”

“무슨 근거로 그런 말을 하는데?”

“귀혁 아저씨가 네가 그럴 걸 예상 못하실 리가 없잖아? 형운이는 귀혁 아저씨가 가르치시니까 그렇게 될 수밖에 없어.”

“어이, 누나. 아무리 그래도 그건 좀…….”

“귀혁 아저씨 제자면 너 정도는 가뿐하게 물리칠 수 있게 되는 게 당연해.”

“…….”

서하령의 맹목적인 귀혁 제일주의에 마곡정이 할 말을 잃었다. 슬쩍 형운을 바라보니 그 역시 같은 심정인 것 같다.

‘거 무슨 우리 아빠가 세계 최고라고 우기는 거 보는 기분이구만.’

형운은 속으로 혀를 내둘렀다. 분위기가 어색해지려 하는데 마곡정이 물었다.

“야, 형운.”

“왜?”

“그러고 보니까 너 요번에 일월성단을 지급해 달라고 요청서를 넣었다면서?”

"내가 넣은 건 아니고 아마 사부님이 넣으셨을 거야. 그런 말씀을 하시긴 했으니까."

풍성의 제자인 마곡정에게 이런 정보를 줘도 되나 싶지만, 어차피 장로회로 들어가는 요청 사항은 다 알려질 수밖에 없다. 그렇게 판단한 형운은 그냥 깨끗하게 인정했다.

마곡정이 투덜거렸다.

"젠장. 진짜로 일월성단을 먹는 건가? 난 아직도 차례가 안 왔는데."

"차례?"

"거 내가 우리 사부님 제자 중에 막내잖아. 그래서 순서가 한참 뒤란 말이다. 넌 혼자라서 좋겠다."

"…그렇게 말하니 일월성단이 무슨 형제 많은 집에서 옷 물려 입는 거랑 똑같은 취급이다?"

형운이 혀를 찼다. 일월성단이 얼마나 대단한 비약인지는 귀에 못이 박히도록 들었다. 하지만 오성의 제자한테도 쉽게 내주지 않을 정도였던가?

서하령이 말했다.

"그 정도가 아니라… 곡정이한테 일월성단을 내주긴 할지 의문인걸?"

"응?"

"오성의 제자라고 해도 일월성단을 받을 수 있는 사람은 한정되어 있다는 거지. 성취를 확실하게 보여서 장래성을 인정받지 않는 한 그런 큰 투자를 받기는 어려워."

"그 정도야?"

"응. 게다가 곡정이는 일월성단을 먹는 게 좀 위험할 수도 있고."

"아, 뭐 어지간히 토대가 쌓이지 않으면 위험하다고는 하더라. 사부님도 각오를 해두라고 하시던데……."

"그보다는 영수의 혈통이니까. 영수의 피가 과하게 반응할 수도 있거든. 그래서 곡정이는 설령 성취를 인정받는다고 해도 체질 분석이 끝나서 맞는다는 판정이 나오기 전에는 일월성단을 지급받지 못할 거야. 다른 약이라면 몰라도."

"일월성단 그거 엄청 까다로운 약이었구나."

"비약은 특정한 기운을 증진시키는 데 특화시키는 게 보통이니까 그럴 수밖에."

"하지만 넌 일월성단 먹었잖아?"

형운의 말에 서하령이 움찔했다.

그러자 마곡정이 깜짝 놀랐다.

"어? 누나, 일월성단 먹었어? 언제?"

"한 달쯤 전에 일월성단—달을 먹었다고 사부님이 그러시던데?"

"와! 누나, 나한테 말도 안 하고 그런 걸 먹었단 말야? 장로회에 요청서도 안 낸 걸 보니 장로님이 손쓰신 거지? 비겁하다!"

마곡정이 울분을 터뜨렸다. 서하령이 슬쩍 시선을 피했다.

"…흠흠. 아니, 내 뜻은 아니었어. 그냥 귀혁 아저씨가 도와준다고 하셔서 장로회에서 이 기회를 활용하지 않을 수 없다면서 강압적으로 밀어붙여서 어쩔 수 없이."

"핑계를 댈 거면 좀 설득력이 있는 소리를 하시지?"

"하지만 나도 무서웠는걸. 난 곡정이 너보다 영수의 피에 대한 부담이 훨씬 크단 말야."

서하령이 입술을 삐죽였다.

사실 그녀가 일월성단을 먹은 게 별로 놀라운 일은 아니다. 이 장로의 손녀인데다가 성운의 기재라서 팍팍 지원을 해주자는 의견이 많았으니까.

마곡정이 인상을 구겼다.

"와, 너무한다. 가뜩이나 누나한테 맞고 사는데 좋은 비약 줘서 내공 격차나 늘리고! 있는 놈만 편애하는 이 더러운 세상!"

"…아니, 그거 다른 사람은 몰라도 네가 할 소리는 아닌 것 같다."

형운이 한마디 했다. 마곡정도 풍성의 제자로서 여태까지 먹어댄 비약만 해도 어마어마하다. 그래서 형운보다도 두 살이나 어린 주제에 내공 수위가 4심이나 되는 게 아닌가?

마곡정이 분통을 터뜨렸다.

"누나한테 이길 수 없으면 그게 다 무슨 소용이야!"

"……."

매번 매를 버는 장본인이 할 말은 아니지 않을까? 형운이 그렇게 생각하는데 서하령이 웃으며 말했다.

"아이 참. 곡정아, 누가 들으면 오해하겠어."

"무슨 오해?"

"네가 나랑 내공이 동등하면 날 이길 수 있다고 오해할 수도 있잖아."

"……."

마곡정의 말문이 막혔다. 형운은 생글생글 웃는 서하령을 보며 침을 삼켰다. 무섭다. 생글생글 웃고 있는데 찬바람이 몰아친다.

"나 일월성단 먹기 전까지는 내공 막 3심 된 참이었어."

"…그, 그랬단 말이야?"

이건 형운뿐만 아니라 마곡정조차 모르던 사실이었다. 그녀는 마곡정보다 내공 수위가 낮으면서도 마곡정을 압도했던 것이다.

서하령이 말했다.

"나야 너랑 달리 따로 비약을 많이 먹고 자란 것도 아닌걸?

할아버지가 몸을 보하라면서 보약처럼 가끔 먹이신 게 전부야. 무공은 내공이 전부가 아니야. 그 나이에 벌써 내공에 의존해서 어쩌려고 그래? 가뜩이나 덩치가 산만해진 후로는 몸 좋은 것만 믿고 날뛰는 버릇이 들어서 큰일이면서."

"으윽……."

구구절절 옳은 소리라 반박할 수가 없다. 그녀의 말에는 형운도 뜨끔했다.

사실 서하령은 따로 무공 스승을 둔 것도 아니고, 무인으로 크겠다고 뜻을 둔 것도 아니다. 이 장로도 별로 손녀를 무인으로 키울 마음이 없었는지라 무공은 그냥 호신술로나 익히고 자신의 뒤를 잇는 연단술사가 되어주길 기대하고 있었다.

그러다 보니 그녀는 무인으로서는 별로 지원을 못 받고 살았던 것이다. 그런데도 이런 성취를 이루다니 정말 무서운 재능이라 하지 않을 수 없었다.

서하령이 일침을 놓았다.

"넌 금방 이성 잃고 날뛰는 버릇 안 고치면 평생 나한테 맞고 살 거야."

"그건 나를 평생 따라다니면서 때리겠다는 소리야?"

"정신 못 차리면 그렇게 해줘야지?"

"…아니, 저기 있잖아, 누나."

"응."

"그거… 듣기에 따라서 굉장히 묘한 의미로 해석될 수 있는 거 알아?"

"뭐가? 아……."

서하령이 마곡정의 말뜻을 알아듣고 얼굴을 붉혔다. 그녀가 새침한 표정으로 마곡정을 한 대 쥐어박았다.

"얘는 못하는 소리가 없어! 덩치만 흉측하게 커져서는!"

"푸억!"

뼛속까지 울리는 타격에 마곡정이 옆으로 쓰러지고 말았다.

4

형운에게 일월성단을 먹이기 위한 준비는 한 달 정도 걸렸다. 장로회의 재가를 받고, 일월성단을 준비하고, 그리고 협력자들을 구하는 데 걸린 시간이었다.

"형운아, 너도 지금까지 느꼈겠지만 내공이란 말하자면 기병의 말과도 같다."

"네?"

귀혁의 말에 형운이 고개를 갸웃했다. 귀혁이 말을 이었다.

"자기 뜻대로 통제될 때는 든든한 아군이지만 날뛰기 시작하면 언제 낙마할까 두려워진다는 뜻이다. 그래서 과한 내력은 부족함만 못하지. 주화입마에 빠지기라도 하면 운이 좋아도 무인으로서 끝장나는 거고 운이 나쁘다면 인생이 끝장나니까."

"그런데도 제가 더 큰 내공을 가져도 괜찮을까요?"

형운이 물었다.

내공이 서서히 증가할 때는 별문제가 없었다. 그러나 중간중간 큰 폭으로 증가했을 때는 날뛰는 말을 길들이듯 고생해야 했다.

지금이야 4심의 내공을 능히 통제해 내지만 상태가 불안정해지면 두려워진다. 바위를 부수고 강철조차 수수깡처럼 분질러 버리는 거력이 자기 몸 안에서 소용돌이치는데 무섭지 않으면 그게 더 이상한 일 아니겠는가?

귀혁이 말했다.

"더 큰 힘이 두려워서 멈춘다면 거기서 끝이다. 그리고 난 너를 그렇게 약하게 만들지 않았단다, 형운아."

"말이 이상한데요? 보통 거기서는 가르쳤다고 해야 하는 거 아니에요?"

"그 표현이 적합하다고 보느냐?"

"으으음……."

귀혁이 뻔뻔하게 되묻자 형운이 신음했다. 확실히 적어도 육체와 내공에 관한 한 가르쳤다기보다는 만들었다는 표현이 어울린다.

'근골이 부실하다고? 그럼 강하게 만들면 되잖아?'

그게 귀혁의 사고방식이었고 지금까지 온갖 방법을 총동원해서 어디 가서 꿀리지 않는 근골로 만들어 놓았다. 형운은 약선을 증오했지만 그게 효과가 있다는 건 부정할 수가 없었다.

"일월성단은 세 가지가 있다. 태양, 달, 별. 그중 이번에 네가 취할 것은 별이다."

"그 셋은 어떤 차이가 있나요?"

"기질의 차이지. 뭐, 사실 태양이나 달에 비해 별은 좀 내공 증진 효과가 떨어지기는 한다."

"그래요?"

"그만큼 반발이 적기도 하지. 태양이나 달은 극단적으로 양기(陽氣)와 음기(陰氣)로 치달아 있으니."

"안정적이라서 그걸 고르신 건가요?"

"그렇지는 않다. 네 현재 상태를 고려한 끝에 가장 적합하다고 생각하는 걸 고른 거지. 걱정 말거라. 나중에는 태양과 달도 먹게 될 테니까."

"…아니, 보통 일월성단이라는 거 하나 이상 먹는 일이 드물다면서요?"

"넌 괜찮다."

"왜요?"

"내가 그렇게 만들 거니까."

"……."

그렇게 말하면 할 말이 없다. 귀혁이 하겠다고 해서 안 된 게 어디 있던가?

"하지만 장로회가 시끄럽게 굴 테니 추후에는 강호에서 이런저런 활동을 하게 될 게다."

"이런저런 활동이요?"

"대표적으로 우리가 거느린 상단을 호위한다거나……."

"표사 같은 일이군요?"

"비슷하지. 그게 가장 일반적인 임무다. 그 외엔 강호의 악적을 처단한다거나 산적이나 수적들을 잡는다거나… 그런 일들을 맡아서 수행하게 될 거다. 아무래도 너도 슬슬 나이가 있다 보니까 어느 정도 이상의 지원을 받으려면 실적도 보여야 하거든."

물론 귀혁이 말하는 '어느 정도 이상의 지원'은 다른 사람이 말하는 것과는 의미가 전혀 달랐다. 일월성단—별을 내주는 것보다 더 대단한 지원이라면 대체 어떤 지원이란 말인가?

그렇게 대화를 나누는 동안 형운은 목적지인 비밀 연공실에 도착했다.

연공실은 형운이 예상했던 것과는 좀 다른 시설이었다.

벽이 둥글고 바닥은 중심을 향해 오목하게 패여 있었다. 그리고 벽 쪽으로 배치된 세 개의 이상한 기둥 같은 것이 요란한 소리를 내면서 아래로 가라앉았다가 솟아났다를 반복한다.

귀혁이 말했다.

"특별히 건축된 시설이다. 성도의 탑에 있는 것의 모방이지. 네가 배출하는 기를 흡수해서 증폭, 순환시켜서 다시 네게로 주입하는 구조로 되어 있다. 어지간히 강한 반응이 일어나지 않으면 별로 쓸모없는 시설이지만 이번 같은 경우를 대비해서 만들어뒀단다."

"와……."

형운은 신기해하며 안으로 들어갔다. 그리고 안에 있던 두 명의 협력자에게 잘 부탁드린다고 인사했다. 한 명은 영성 일파에 속하는 무인이었고 또 한 명은 조직 내에서 중립적인 태도를 취하는 은퇴한 노고수였다.

"그리고 이것이……."

형운이 중앙에 서자 귀혁이 커다란 금속 상자를 들어 보였다. 표면에 은은한 빛을 발하는, 기환술이 걸린 먹으로 그려진 문자와 도형들이 빽빽이 그려진 봉인용 상자였다.

"일월성단—별이다."

귀혁이 상자를 열자 형운은 경악했다.

5

마곡정이 물었다.

“누나, 형운 그놈이 일월성단을 먹으면 내공이 얼마나 늘까?”

“글쎄? 뭘 먹느냐에 따라 조금 달라지겠지만, 일단 5심은 확정이라고 봐야겠지?”

“갓 4심 된 놈이 금방 5심인가. 와, 진짜 말도 안 돼. 무공 익힌 지 아직 3년도 안 된 놈이…….”

이 시점에서 형운이 별의 수호자 총단에 온 지 아직 2년하고도 3개월이 지났을 뿐이다. 그 기간을 감안하면 형운의 성장은 실로 무서운 것이다.

서하령이 장난스럽게 물었다.

“슬슬 뒷일을 걱정해야 하지 않아? 너보다 내공이 늘어나는데?”

“흥. 여태까지 맨손으로 상대한 게 많이 봐준 거지. 도를 들 거야.”

“못 이길 것 같으면 무기를 든다… 아주 조악한 발상이네.”

“내 진신무공은 도법이라고! 저놈한테 맞춰서 맨손으로 겨

줘온 게 봐줬던 거잖아!"
"흐응. 뭐 그래, 그렇다고 해두자."
"큭……."
마곡정이 입술을 깨물었다. 그러다가 다시 화제를 돌렸다.
"일월성단은 도대체 어떤 물건이야?"
마곡정도 이런저런 비약을 많이 먹어본 몸이다. 하지만 별의 수호자의 연단술사들은 일월성단을 다른 비약과는 전혀 다른 무언가로 취급했다.
"글쎄, 뭐라고 해야 할까……."
이 장로의 손녀인 서하령조차도 얼마 전, 일월성단-달을 직접 취하기 전에는 그 실체를 본 적이 없었다. 예전부터 이 장로에게 가르침을 받는 과정에서 설명을 듣기는 했지만 직접 봤을 때는 정말 놀랐다.
"그건 성혼(星魂)의 파편이라고 해."
"성혼?"
"우리 별의 수호자가 추구하는 것. 세상을 이루는 모든 기운의 근원이라고 할 수 있는 별의 영혼."
이 세상 모든 생명은 별의 영혼으로부터 태어났다.
연단술사들은 그런 믿음을 갖고 있었다. 천외천에 별들이 있듯이 우리가 발 딛고 사는 세상도 별이다. 인간이 자연의 기운을 다루는 과정은 결국 별의 영혼으로부터 비롯된 모든 현상의 모방이며, 결국은 그 근원에 도달하고자 하는 몸부림이다.

"성존께서는 그 목표에 가장 다가갔던 존재이며… 일월성단은 그 위대한 성취의 부산물 중에 하나라고 하지. 결코 완전하지 않지만, 인간의 눈으로 보기에는 한없이 완전함에 가까운… 아직 별의 수호자의 어떤 연단술사도 인간의 힘으로 재현하는 데 실패한, 비약을 초월한 비약."

"누나."

마곡정이 눈살을 찌푸렸다.

"뭔 말 하는지 모르겠거든? 난 연단술사가 아니라는 것쯤은 감안해서 풀어서 말해주지?"

"하아, 알겠어. 머리 나쁜 너도 알아들을 수 있게 쉽게 말해줄게."

"나, 나는 머리가 나쁜 게 아니야! 그냥 그쪽 공부를 안 했을 뿐이다!"

"그래그래. 어쨌든 다른 비약이 이 세상에 존재하는 기의 응집체, 즉 물질로 빚어낸 것이라면 일월성단은 물질화되지 않은 순수한 기운의 응집체야. 그건 사람이 만들 수 있는 게 아니지."

그렇기에 그것은 비약이지만 비약을 초월한 무언가다.

서하령은 자신의 경험을 되새기며, 그것을 취한 형운이 과연 어떻게 변할지 궁금해졌다.

6

“이게… 비약이라고요?”

형운은 믿을 수 없다는 듯 중얼거렸다.

봉인의 상자 속에서 나온 것은 도저히 ‘약’ 이라고 생각되지 않는 모습을 하고 있었다. 왜냐하면 그것은 완전히 투명한 빛의 응집체였기 때문이다.

언뜻 유리 조각이나 얼음 파편을 생각할 수도 있겠지만 전혀 다르다. 표면의 울퉁불퉁한 윤곽조차도 빛으로 그려져서 희미하게 일그러진 풍경을 투영하는데, 투영된 것은 그 너머가 아니다.

‘어? 뭐야, 이거?’

분명히 투명한데 그 너머의 풍경이 보이는 게 아니다? 자세히 보니 별빛이 가득한 검푸른 밤하늘 같은 풍경이 일그러져서 비춰지고 있었다.

게다가 희미한 빛을 발하는 그것은 허공에 떠 있었다. 처음에는 상자의 기능인가 싶었지만, 귀혁이 상자를 치운 후에도 허공에 둥실둥실 뜬 채다.

넋을 잃고 있는 형운에게 귀혁이 말했다.

“일월성단—별이라는 이름은 상징적인 것이 아니다.”

"네?"

"이것은 성도의 탑을 이용, 별빛을 수집해서 빚어낸 기의 응집체다."

"…별빛을 수집해요? 그게 말이 돼요?"

형운이 어이없어했다. 말만 들으면 멋있어 보이는데 전혀 현실성이 없다. 별빛을 모아다가 이런 걸 만들 수 있다고? 아무리 기환술이 기기묘묘하다고 해도 그거 좀 무리가 있지 않은가?

귀혁이 씩 웃었다.

"그것이 가능하기에 모두가 이것을 탐낸 것이다. 이것은 천외천으로부터 대지를 비추는 별빛의 정수다. 불순물이 전혀 섞이지 않고, 물질화되지도 않은 순수한 기의 결정체지."

"세상에……."

지금까지 설명을 들으면서도 이런 것이리라고는 상상도 못했다.

귀혁이 말했다.

"자, 형운아. 그것을 취해야 한다."

"이거 진짜 괜찮은 거예요?"

형운은 불안했다. 일월성단이 생전 처음 보는 상식 밖의 무언가이기 때문이 아니다. 형운도 기감이 발달한 무인이라서

척 보는 순간 느꼈던 것이다.

이것은 사람이 가질 만한 존재가 아니라는 것을.

인간은 불순하기 짝이 없는 존재다. 자연계의 온갖 기운이 한데 모여서 탄생한, 그 어떤 것과도 독립된 채 스스로의 고유성을 자랑하는 불순물이 바로 인간이다.

그런데 그런 인간의 몸에 이런 것을, 물질조차 아닌 순수한 기운을 집어넣으면 무사할 수 있을까?

귀혁이 말했다.

"괜찮다."

"으음."

"이 사부를 못 믿겠느냐?"

"아뇨. 믿죠. 저는 못 믿지만 사부님은 믿어요."

형운은 양손을 뻗어서 일월성단—별을 감쌌다. 감히 만지지는 못하고 손바닥을 갖다 댔을 뿐인데, 그 빛이 미치는 영역에 인체가 들어가는 순간 소름이 돋는다. 기감을 자극하는 기운에 전신 기맥이 전율하고 있었다.

귀혁이 말했다.

"그래, 나를 믿어라. 너는 괜찮을 거다."

"믿어요. 여자 문제만 아니라면야 사부님 말은 신뢰도가 절대적이죠."

"……."

흐뭇해하던 귀혁의 표정이 팍 구겨졌다.

형운은 실실 웃으면서 일월성단―별을 들고 연공실 중앙으로 향했다. 그리고 가부좌를 틀고 앉은 채로 말했다.

"그럼… 시작해도 될까요?"

"준비는 끝났다. 정신 단단히 차리고 가거라."

"네."

형운은 눈 딱 감고 일월성단―별을 입에 넣었다.

동시에 눈앞에 별빛의 바다가 펼쳐졌다.

7

"음?"

새하얗게 변한 시야에 눈을 감았다가 다시 떴을 때는 누군가가 자신을 바라보면서 의아해하고 있었다. 그를 바라보는 형운의 시선은 초점이 맞지 않았다. 마치 술을 잔뜩 마셔서 취한 것처럼 열기가 올라서 제대로 된 사고가 진행되지 않고 있었다.

상대가 말한다.

"뭐야? 본 적이 있는 놈 같은데?"

형운도 왠지 그의 목소리를 들은 적이 있는 것 같았다.

상대가 형운을 빤히 바라보더니 고개를 갸웃한다.

"기억 안 나네, 이거. 잠시만."

상대는 눈처럼 흰 피부에 은색 머리칼을 가진 청년이었다. 바람 한 점 없는데도 하늘하늘 휘날리는 머리칼은 현실의 것이 아니라 꿈의 일부처럼 비현실적으로 보였다.

짙푸른 눈동자를 가진 청년의 주변에서 기이한 현상이 일어났다. 허공에 먹으로 쓴 것 같은 무수한 문자가 떠오르기 시작한 것이다. 청년이 그 문자 일부를 바라보자 그것들이 그 앞에 살아 있는 것처럼 재배치되면서 의미를 가진 문장을 만들어내었다.

"형운."

"아……?"

"귀혁의 제자 형운이었군. 지난번에 본 적이 있었지. 지금은 어째 제정신이 아닌 것 같다? 꿈을 꾸는 것도 아닌 것 같은데 어떻게 성몽으로 들어온 거지?"

"아아……?"

형운은 그가 무슨 말을 하는지 알 수 없었다. 뭔가 기억이 날 듯 말 듯한데 안 난다.

그런 형운에게 청년이 손을 뻗었다. 그의 손이 머리에 닿자 주변에 떠 있던 문자들이 소용돌이치더니 형운의 머리로 빨려 들어갔다.

"일월성단을 먹었군. 이제 좀 정신이 드냐?"

"으윽, 다, 당신은… 성존님?"

"그래."

"우리 만난 적이… 음. 있군요. 근데 왜 까먹고 있었지?"

형운은 그와 꿈에서 만났던 일을 떠올렸다. 지금 이 순간까지 까먹고 있었는데 갑자기 떠오른다.

성존이 말했다.

"그야 인간은 꿈에서 일어나는 일을 잘 기억 못하니까. 타인의 꿈과 겹쳐지면 더 그렇지. 네가 성몽에 있었을 때의 일은 모두 이 안에 두고 간 거야. 이것들이 그거다."

성존이 허공에 떠다니는 문자들을 가리켰다. 형운이 물었다.

"이 글자들이요?"

"그래."

"저기 그러니까… 이 글자들이 제 기억이라고 말씀하신 거 맞죠?"

"내 기억이기도 하고."

"……."

이건 도대체 무슨 헛소리야? 형운은 정신병자를 보는 눈으로 성존을 바라보았다.

성존이 입술을 삐죽였다.

"이 무식한 놈 보게. 지난번에 내가 말했지? 심상이 노출되어 있어서 훤히 보인다고? 내가 미친놈처럼 보이냐?"

"윽, 아니, 그게……."

"뭐 그럴 만도 하지? 나도 내가 미쳤다는 건 부정하지는 않겠어. 하지만 내 말은 사실이야."

"……."

이럴 때는 대체 뭐라고 해야 할지 모르겠다.

갑자기 성존의 몸이 두둥실 떠올랐다. 그를 따라서 형운의 몸도 자기 의지와 상관없이 떠오른다.

"어, 어어어어어?"

당황하면서 아래를 바라보니 본 적 있는 풍경이 펼쳐져 있었다.

나무 한 그루 자라지 않은 삭막한 바위산, 안개가 가득한 그 한가운데 위치한 거대한 구덩이에는 희미한 푸른빛을 발하는 직경 수백 장의 암석덩어리가 있다. 형운이 보는 순간 왠지 모르게 '떨어진 별' 이라고 느꼈던 그것이다.

성존이 말했다.

"나는 인간이 가질 수 있는 것 이상의 기억을 가졌고, 그 이상을 갖길 원했다. 그래서 머리에 담아둘 수 없어서 넘치는 기억들을 이 별의 꿈속에 문자의 형태로 기록해 두었지."

그래서 그는 형운을 보고도 그가 누구인지 한 번에 알아보지 못했다. 그의 머리는 그가 중요하다고 분류한 기억들을 제외한 나머지를 전부 문자의 형태로 빼버리기 때문이다.

필요할 때면 그는 문자로 기록된 기억을 끄집어내서 그중에 필요한 것을 취한다. 그리고 그 후에는 다시 밖으로 흘려버려서 잊는다.

'사람한테 그런 일이 가능해?'

말도 안 되는 일이다. 무공을 연마하는 과정에서 일반인은 모르는 지식을 갖고, 인식이 달라진 형운이지만 이건 도저히 불가능해 보였다.

성존이 웃었다.

"다른 인간에게는 불가능하지. 하지만 난 된다. 난 성존이니까."

이 태도는 왠지 누군가와 닮았다. 형운이 그렇게 생각했을 때 성존이 말했다.

"네 사부도 그렇지만 역대 성운을 먹는 자들은 다들 당돌하기 짝이 없었지. 세상에 자기 말고는 진실에 도달할 만한 잘난 놈이 없다는 오만한 태도하며. 그런데 넌 참 특이하구나."

"성운을 먹는 자가 뭔데요?"

"그건 네 사부에게 물어봐라. 뭐, 기억하고 있다면 말이지만."

성존이 그렇게 말하며 손을 휘저었다.

"성운을 먹는 자라서 넌 여기에 왔다. 원래는 훨씬 더 고생해야 했는데 여기 와서 내 덕분에 쉽게 끝나는군."

"뭐가요?"

"별의 조각을 취한 인간은 자칫하면 별빛이 되어 흩어지지. 그럴 뻔한 걸 내가 막아줬다 이거야. 고마워해라."

"말씀하시는 걸 들으니 어차피 스승님이 막으실 수 있는 거 아니었어요?"

"그렇긴 한데 너나, 네 스승이나 아주 뭐 빠지게 고생해야 했을걸? 근데 너무 쉽게 끝나서 아마 지금 어이없어하고 있을 거야."

"그렇군요. 감사합니다."

"귀혁과 달리 솔직해서 좋구만. 하하하. 하지만 언젠가는 너도 나한테 도전하겠지?"

"네?"

"알게 되는 날이 올 거다. 그동안의 연구 성과가 여기까지 오다니, 네 사부가 예측했을지 못했을지는 모르겠다만 놀랍군. 그럼 그날을 기대하면서 이별하자꾸나. 난 널 상대해 주기에는 너무 바쁜 몸이니까."

성존이 웃는 것과 동시에 형운의 시야가 암흑으로 물들었다.

8

웅성거리는 소리가 들려온다.

처음에는 꿈결에서 듣는 것처럼 무슨 말인지 알아들을 수 없었지만 조금씩 의미를 가진 소리들로 변해갔다.

"…이게 어떻게 된 거요?"

"영성, 일월성단의 반응이 이렇게 적을 수도 있나?"

그들이 당황해하는 기색이 느껴진다.

형운은 서서히 눈을 떴다.

"아."

동시에 탄성을 내뱉는다.

세상이 달라져 있었다.

무공을 익혀 기감에 눈을 뜨면서 형운이 보는 세상이 달라졌다. 그것은 실로 경이로운 변화였다.

그런데 그만큼 충격적인 변화가 지금 이 순간 형운에게 엄습해 왔다.

'느껴져.'

이 자리에 존재하는 모든 기운을 느낀다. 그저 기운의 흐름을 감지하는 정도가 아니라 이곳에 있는 모든 물질의 구성 요소요소를 구분하고 그 형질을 파악할 수 있었다.

동시에 머리가 지끈거렸다.

"큭……!"

인간의 작은 머리로 받아들이기에는 너무 막대한 정보량이었다. 형운이 그 사실을 인지한 순간, 마치 썰물 빠지듯이 감각의 정밀도가 떨어져갔다.

"이런……."

형운은 허탈함에 몸서리쳤다.

그런 형운 앞에 그림자가 드리웠다. 귀혁이었다.

"형운아, 혹시 성존을 뵙고 왔느냐?"

"네."

"이건 예상 못한 사태로군."

귀혁이 허탈하게 웃었다.

형운이 일월성단을 취했을 때 일어날 무시무시한 반응을 감당하기 위해 막대한 돈을 들여서 시설을 짓고, 협력자를 초빙해 왔다. 그런데 정작 그 모든 것이 헛수고로 끝났다.

형운은 일월성단을 먹은 후에 잠시 동안 격렬한 반응을 보였다. 인체를 이루는 기운이 일월성단—별에 응집되어 있던 별빛의 정수에 삼켜지는 것을 막기 위해 연공실의 시설이 가동하고, 귀혁과 두 협력자가 기운을 통제했다.

하지만 1각(약 15분)이 지났을 무렵에 갑자기 예상 못한 변화가 일어났다. 형운의 반응이 급속도로 안정되더니 반 시진(약 1시간)도 안 되어서 모든 기운이 안으로 갈무리된 것이다.

귀혁이 물었다.

"상태가 어떠냐?"

"허탈해요."

"음?"

"뭔가 손에 잡힐 것 같았는데, 다 가진 것 같았는데… 갑자기 잃어버렸어요."

형운은 울 것 같은 표정을 짓고 있었다. 눈을 떴을 때는 세상 모든 것을 알 것 같은 기분에 사로잡혔다. 이런 감각이 있다면 세상에 못할 게 없을 것 같았다.

그런데 자신이 그것을 감당할 수 없을 것 같다고 여긴 순간, 모든 게 사라지고 말았다. 신이 될 수 있었던 것 같은 기회를 잃자 여기에는 초라한 인간만이 남았다.

형운의 설명을 들은 귀혁이 쓴웃음을 지었다.

"심마(心魔)에 빠질 뻔했구나."

"네? 심마요?"

"그래, 만약 그 감각에 홀렸다면 넌 지금쯤 살아 있지 못했을 수도 있다."

"……."

"지금의 그릇으로 감당하지 못할 미혹이지. 마치 인간이 염원하는 경지인 양 눈앞에 나타나서 광기를 이끌어내는……."

"사부님도 경험해 보신 적이 있나요?"

"그래, 하지만 언젠가 네가 이룰 수 있을지도 모르는 경지다. 그 미묘함이 사람을 미치게 하는 거지. 알지 않느냐? 될 것 같은데 안 될 때 얼마나 짜증나는지."

"이해가 팍팍 되네요."

형운은 고개를 설레설레 저어서 탈력감을 떨쳐냈다. 그리고 눈을 감고 한번 내력을 운기해 보았다.

"어?"

"왜 그러느냐?"

"…저 5심 됐는데요?"

형운이 어이없어했다.

비약을 먹고 내공이 큰 폭으로 증가한 경험은 이미 해보았다. 하지만 그때도 체내에 밀도 높은 기운이 흡수되었다 뿐이지 단번에 기심이 하나 더 생기지는 않았다.

그런데 지금은 네 번째 기심이 가득 차는 것은 물론, 다섯 번째 기심을 이루었다. 게다가 거기까지도 가득 차 있고 체내에 기운이 충만해서 이 기운을 다 흡수하면 기존에 있던 기심들의 그릇을 크게 확장할 수 있을 것 같다.

또한 그 기운은 무섭도록 안정되어 있었다.

"이건 마치… 처음부터 제 것이었던 것 같아요."

원래 비약으로 얻은 기운은 한동안은 이질적이게 마련이

다. 계속해서 운기함으로써 이질적인 기운을 자신의 것으로 길들여가는 과정이 필요하다.

하지만 지금의 형운에게는 그런 과정이 필요 없었다. 일월성단—별을 통해서 얻은 기운이 기존의 내력과 완벽하게 융화되어 있었다.

이 사실에는 귀혁도 감탄했다.

"놀랍군."

형운의 내공을 확인해 본 귀혁은 탄성을 흘렸다. 도대체 성존이 무슨 짓을 했기에 몇 달은 걸렸을 과정이 한순간으로 단축된 것인지 모르겠다.

하지만 분명 자신이 이은 '성운을 먹는 자'라 불리는 일맥의 연구 성과와 관련되어 있으리라. 그렇지 않고서야 일월성단을 먹은 것만으로 성존이 기거하는 성몽 속으로 들어갔을 리가 없으니.

잠시 운기를 통해서 자신의 내면을 관조하던 형운이 눈을 뜨고 물었다.

"아, 사부님."

"왜 그러느냐?"

"제가 기억이 완전히 나는 건 아닌데… 한 가지 궁금한 게 있어요."

"말해보거라."

"성운을 먹는 자가 뭐죠?"

"……."

"성존님이 저보고 이번 대의 성운을 먹는 자라고 하시던데……."

"그건……."

귀혁이 쓴웃음을 지었다.

"나중에 말해주마. 지금은 말해줘 봤자 의미가 없는 사실이란다."

"네."

형운은 궁금증을 접어두었다. 필요하다면 귀혁이 말해줄 거라고 믿었기 때문이다.

문득 귀혁이 말했다.

"그나저나 축하한다."

"네?"

"네가 드디어 기연을 얻었구나."

"엥? 무슨 말씀이세요?"

"만날 기연 한번 얻어 보고 싶다고 노래를 불렀지 않느냐? 하늘이 선택한 놈들만 기연 얻는 더러운 세상이라며?"

"그, 그랬던 적이 있긴 하죠."

"지금 네가 얻은 게 기연이 아니고 무어냐? 성존께서 인력으로는 훨씬 많은 노력과 시간이 필요한 일을 한 번에 해치워 주셨구나."

"그러게요? 음, 이런 게 기연이구나."

형운이 얼떨떨한 기색으로 고개를 끄덕였다. 확실히 기연이라면 기연이었다.

귀혁이 말했다.

"잘됐군. 하나 더 먹을 수 있겠어."

"…엑?"

"원래 일월성단—별의 기운을 차분히 시간을 들여서 완전히 갈무리하고 나면 그 후에 일월성단—달을 먹일 생각이었다. 그런데 이렇게 됐으니 바로 먹어도 되겠구나. 뜻밖의 성과로군."

"아니, 잠깐만요."

"왜 그러느냐?"

"일월성단이라는 거 그렇게 막 연속으로 먹어도 되는 거예요?"

비약은 장기간 복용을 기반으로 꾸준히 먹어야 하는 게 있고 한 번에 효과를 보는 게 있다. 한 번에 효과를 보는 약은 체내의 기운을 눈에 띄게 늘려서 균형을 변화시키기 때문에 마구 먹는다고 좋은 게 게 아니다. 기운이 완전히 안정화되기 전에 또 다른 것을 먹으면 오히려 해가 될 수도 있다.

일월성단은 그중에서도 최상위 등급에 속하는지라 그만큼

위험성도 높다. 애당초 복용자의 준비가 부족하면 먹고 죽을 수도 있을 정도로 위험한 약이 아닌가?

하지만 귀혁은 태연했다.

"네가 이곳에 왔을 때 내가 이 장로님께 했던 말을 기억하느냐? 일월성단에 대한 것 말이다."

"아, 그거라면 기억은 하고 있는데요."

귀혁은 이 장로에서 일월성단을 세 개씩 준비해 달라고 부탁했었다. 모두 형운에게 먹일 거라면서…….

귀혁이 말했다.

"원래부터 그럴 계획이었다. 이번에 성존께서 기연을 베푸신 덕분에 그 기간이 훨씬 단축될 뿐이지."

"……."

"걱정 말거라. 한번 해봤으니 다음에는 더 쉽지. 혹시 아느냐? 이번에도 성존께서 해결해 주실지?"

"그건 너무 기연에 의존하는 거 같은데요."

형운이 한숨을 푹 쉬자 귀혁이 씩 웃었다.

"자, 그러면 돌아가자꾸나. 원래는 한 며칠 동안은 쉬게 해 줄 생각이었는데 그럴 필요가 없어졌군."

"엑?"

"그렇잖느냐? 기운도 다 안정됐고, 아픈 데도 없고. 이제 새로 얻은 내력을 체화하기 위해 불철주야 수련에 매진하는 일만 남았다. 기대해도 좋단다. 이때를 위해 이 사부가 또 열심히 궁리해서 새로운 수련법들을 준비해 놓았으니."

"윽……."

막대한 내공을 거저먹듯이 얻었음에도 형운은 울상을 짓고 말았다.

제14장

하늘의 궁전

성운을
먹는자

1

"곡정이는 잘 떠났나?"

"네, 눈길을 피해서 떠나는 데는 실패한 것 같지만."

운 장로의 물음에 풍성 초후적이 대답했다.

오늘 새벽, 마곡정이 비밀리에 별의 수호자 총단을 떠났다. 얼마 전에 충격적인 일을 겪어서 그것을 극복하고자 하는 이유였다.

운 장로가 물었다.

"다른 제자들이 좋아하고 있겠군."

"솔직히 그렇지요."

풍성의 제자는 모두 일곱 명이었고 마곡정이 그중 막내였다.

하지만 마곡정은 사형들에게 미움을 사고 있었다. 워낙 막 나가는 성격인 데다가 윗사람을 공경하지도 않았기 때문이다. 그런 주제에 무공에는 탁월한 재능을 보여서 자신들의 입지를 위협하기까지 하니 좋게 봐줄 수가 없다.

운 장로가 물었다.

"곡정이가 다녀오면 그 아이를 제압할 수 있으리라 보나?"

"모르겠습니다. 영수의 혈통은 워낙 어디로 튈지 모르니까요."

"흠, 설마 그 아이가 이토록 단시간에 이렇게나 강해질 줄이야. 영성, 그 작자는 대체 무슨 술수를 부렸기에……."

운 장로가 짜증을 냈다.

그들이 말하는 '그 아이'는 형운이었다.

형운이 별의 수호자 총단에 온 지도 어언 2년 반이 지났다. 처음에는 다들 재능도 없고 무공에 입문한 것도 너무 늦었으니 아무리 영성이라고 한들 제대로 키워내긴 힘들 거라는 시각이 지배적이었다.

하지만 이제는 별의 수호자 내에서도 형운을 보는 눈길이 달라졌다.

흑영신교에서 성해를 강습했을 때 팔대호법의 제자를 물

리친 것이 알려지기도 했고, 최근 그 성취를 과시하듯이 공개적인 수련을 몇 번 보여줌으로써 평가를 싹 바꿔 버린 것이다.

"도대체 어떻게 성존께서 개입하도록 유도한 건지 모르겠군."

운 장로 입장에서 제일 짜증나는 게 이것이었다.

아무리 귀혁이라고 해도 단기간에 형운에게 일월성단을 두 개나 지원해 주는 일은 쉽지 않았다. 하지만 성존의 개입이 명분을 만들었다. 도대체 그걸 어떻게 입증할까 싶었지만 정상적으로는 절대 있을 수 없는 형운의 상태 변화를 본 다른 장로들은 성존의 뜻이 그에게 있다고 여겼다.

그 결과 형운은 일월성단—별에 이어 일월성단—달을 지원받았다.

"골치 아픈 일이야. 제자단에 넣을 아이들을 골라두긴 했지만 이래서야……."

귀혁은 장로회에서 추천한 인재들로 제자단을 구성하겠다고 약속했다. 운 장로는 그때를 노리고 쓸 만한 아이들을 골라두었지만 형운의 괴물 같은 성장을 보고 있자니 불안이 커져갔다. 과연 귀혁이 제자단을 제대로 가르치기는 할까?

초후적이 말했다.

"일단은 지성 쪽부터 신경 쓰지요."

"준비는 잘되어가나?"

"거의 완료 단계입니다."

공들여 지성의 자리에 올려둔 신자호가 죽은 뒤, 그 뒤를 이은 것은 파벌과 상관없는 인물이었다. 하지만 지성의 자리를 공백으로 남겨둘 수 없기에 반쯤 은퇴한 노고수를 불러온 것이라 조만간 다른 인물이 그 뒤를 이어받기는 해야 했다.

운 장로는 거기에 밀어붙일 패를 몇 개 준비하고 있었고 그 중에는 초후적의 둘째 제자도 있었다. 아직 삼십 대 중반으로 젊기는 하지만 사형제 중 가장 뛰어난 성취를 보이고 있었기 때문이다. 비밀리에 비약을 지원해 주는 등, 빠른 성장을 위해 물심양면으로 돕고 있는 중이다.

"곡정이가 돌아왔을 때는 차기 풍성이 될 만한 잠재력을 보여줬으면 좋겠군."

"인격도 좀 갖추고 왔으면 더 바랄 나위가 없겠습니다만."

초후적이 푸념했다.

2

"후우."

형운은 연무장 한가운데서 길게 숨을 내쉬었다. 입고 있던 무복은 소매가 너덜너덜했고 여기저기가 찢어져 있었다.

하지만 형운 자신에게는 전혀 상처가 나지 않았다. 형운이 주변을 둘러보며 물었다.

"끝이죠?"

"그런 것 같습니다."

못마땅한 듯 대답한 것은 석준이었다.

형운의 주변에 열 명도 넘는 인원이 널브러져 있었다. 전원이 검은 무복을 입고 목검을 든 이들이었다.

이들은 석준이 이끄는 영성 호위대의 수련생들이었다. 귀혁의 명령으로 이들을 모아다가 형운과 다대일의 대련을 벌인 것이다.

그 결과는 지금 드러난 대로 형운의 압승이었다. 대련이 반 시진(약 한 시간)이 넘어가는 동안 아무도 형운에게 유효타를 먹이지 못했다. 그리고 시간이 길어지자 내력 부족으로 하나 하나 탈진해 갔고 형운이 그 틈을 놓치지 않고 공격을 가해서 전원을 쓰러뜨렸다.

석준이 벌레 씹은 표정으로 말했다.

"많이 느셨군요, 공자님."

"석준 아저씨가 그렇게 말씀하시니……."

거기까지 말하던 형운이 너무나도 자연스럽게 뒤를 돌아보았다.

그 직전, 쓰러져 있던 연습생 중 하나가 눈을 빛내면서 비호처럼 뛰어올랐던 것이다. 마치 암살자처럼 이 순간을 노리고 위장했던 것이다.

"아직 안 끝난 게 너무 티가 나잖아요."

하지만 형운은 전혀 동요하지 않고 연습생이 암습을 막아냈다. 돌아서는 것과 동시에 왼손이 원을 그리면서 목검을 걷어내고, 오른손이 그 뒤를 따라서 연습생의 명치를 후려쳤다.

"컥!"

그 일격으로 연습생이 확실히 기절했다. 형운이 쓰러지는 그를 받아 안고는 주변을 보며 말했다.

"아직 세 명 대기하고 있는 거 아는데… 이거 계속해야 돼요?"

"거기까지."

비로소 석준이 표정을 풀고 쓴웃음을 지었다. 벌레 씹은 표정은 형운을 방심시키기 위한 연기였던 것이다.

"이거 이제 안 먹히는군요."

"한 번 당한 걸로 됐어요. 거참, 쩨쩨해서 진짜."

형운이 투덜거리는 동안 주변에서 탈진한 척하고 있던 연습생 세 명이 일어났다. 그들은 다른 연습생보다 경력이 오래된 선배들이었다. 형운의 허를 찌르려는 의도로 배치된 이들이라 후배들과 비슷한 실력인 것처럼 위장하고 있었던 것이다. 지난번 훈련 때 형운은 비슷한 수법으로 뒤통수를 맞은 적이 있는지라 대비하고 있었다.

형운이 말했다.

"모두 수고했어요. 제가 석준 아저씨한테 말해둘 테니 회식이라도 하세요."

"공자님을 한 대도 못 때려보고 전원이 쓰러졌는데 무슨 회식입니까? 상처 안 입히겠다고 봐주느라 고생하셨구만."

형운이 이들을 전부 쓰러뜨리는데 시간이 걸린 것은 손속에 사정을 두었기 때문이기도 했다. 전심전력으로 치면 사람 하나 송장으로 만드는 게 너무 쉬웠고 그래서 상처 없이 제압하기 위해 많은 심력을 소모했다.

형운이 말했다.

"거 쩨쩨하게 굴지 마세요. 저 때문에 끌려와서 고생했는데 그 정도는 해줘야죠. 어차피 제 주머니에서 낼 텐데."

"영성님 주머니가 아니고요?"

"저도 이제 용돈 받아서 자산 관리 따로 하거든요?"

"오호, 격세지감이 느껴집니다."

"뭐가요?"

"공자님께서 '자산 관리' 라는 말을 사용하시는 걸 보니."

"하핫, 그런가요?"

형운이 장난스럽게 웃었다. 제법 매력적인 웃음이었다.

새해가 밝은 지도 넉 달, 열여섯 살의 형운은 한창 성장기라 쑥쑥 자라고 있었다. 워낙 좋은 것만 먹고 건강하게(그리고 괴롭게) 살아서 그런가, 피부는 시비들이 부러워할 정도로 고왔고 몸은 탄탄하고 날렵해 보였다.

현재 형운의 내공 수위는 5심을 넘어 6심에 도달해 있었다. 그의 나이를 고려하면, 아니, 무공을 익힌 지 아직도 채 3년이 안 됐음을 감안하면 실로 경천동지한 성취였다.

이것은 일월성단—별을 먹은 것만으로 가능한 성취가 아니다. 어디까지나 그 후 보름 만에 다시 일월성단—달을 먹고 소화해 낸 결과였다.

이때 형운은 또다시 성몽 속으로 빨려 들어가서 성존을 만났고…….

"귀혁 이놈이 이젠 아주 제자 성장을 날로 먹으려고 하네? 옛다, 이거 먹고 꺼져."

성존이 인상을 팍 구기면서 또다시 그것을 일월성단—별 때처럼 단번에 안정시켜 주었다. 기연이라면 기연인데 참 기분이 미묘해지는 기연이었다.

이렇게 되자 귀혁은 싱글벙글하면서 말하길,

"어허, 뭘 이런 걸 다……. 딱히 노리고 한 일은 아닌데 역시 성존께서는 배포가 후하시군."

하고 마음에 없는 소리를 늘어놓았다.

이러한 일들은 형운의 일상에도 큰 변화를 가져왔다. 형운의 내공이 폭증하자 마곡정이 대련에서 조금씩 밀리기 시작했다. 결국 한 달 전, 도법을 쓰는 그를 상대로 형운이 승리하는 결과가 나왔다.

그날은 형운에게 꿈같은 날로 기억되어 있었다. 귀혁이 미리 약속한 대로 모든 일과를 면제해 주었기 때문이다.

형운이 물었다.

"혹시 곡정이 소식 좀 있어요?"

마곡정은 그 사건으로 큰 충격을 받아서 형운에게 찾아오지 않았다. 그날 망연자실하게 연무장 바닥을 쳐다보던 그는 왈칵 눈물을 쏟더니 달려가 버렸다.

"이 자식, 두고 보자! 나도 내공 왕창 키워서 다시 올 거다아아아아!"

…마지막으로 남긴 말이 삼류 악당 같아서 애처로웠지만, 그것이 형운이 기억하는 마곡정의 마지막 모습이었다.

석준이 말했다.

"오늘 아침에 떠났다고 합니다."

"엥? 떠나요? 어딜?"

"그것까진 모르겠습니다. 공자님께 패한 뒤에 두문불출하면서 무공 수련에 매진한 것 같은데… 은밀하게 떠났다고 하더군요."

"어, 설마 별의 수호자에서 나가거나 그런 건 아니죠?"

"그건 아닐 겁니다. 호위들이 따라갔다고 하니까요."

그 말에 형운이 안도의 한숨을 내쉬었다. 만날 아웅다웅하기는 했지만 그래도 여기 와서 가까이 지낸 또래가 별로 없다 보니 마곡정에게도 정이 들었다.

'하령이한테 물어봐야겠네.'

요즘은 서하령도 마곡정의 소식을 잘 몰랐지만 그래도 형운 주변에서 가장 알 가능성이 높은 게 그녀다.

석준이 말했다.

"그럼 산으로 가보시지요. 바로 전갈을 넣겠습니다."

"바로 가라고요? 지쳤는데 좀 쉬다 가야……."

"하하하, 무슨 말씀을. 멀쩡해 보이시는데요."

"아뇨. 지쳤어요. 진짜!"

"농담도 잘하십니다. 그럼 영성님께 말씀드리겠습니다."

"우와, 치사해. 융통성이라고는 하나도 없어."

"제가 가려한테 흑심을 품었다고 비난하신 공자님께 그런 말을 들을 이유는 없습니다만……."

"그걸로 앙심을 품었군요. 쩨쩨하게스리."

형운이 입술을 삐죽였다. 귀혁이 형운의 말을 석준에게 그대로 전해주면서 그걸로 한동안 놀려먹었던 것이다.

"가면 되잖아요, 가면."

형운의 오늘 수련은 이걸로 끝이 아니고 이제는 산에서 기환진 속에 갇힌 채 수십 명에게 쫓기는 일정이 남았다. 단순한 다대일 대련이 아니라 일종의 시험인 셈이다.

형운은 투덜거리면서 산중 수련장으로 향했다.

3

"제가 늘 생각하는 건데……."

형운은 불만에 차 있었다.

"솔직히 제가 많이 강해지기는 했잖아요, 그렇죠?"

"그렇지요."

무뚝뚝하게 대답한 것은 가려였다. 여전히 복면으로 얼굴을 가린 그녀가 형운의 팔을 잡고 뒤로 꺾어서 제압하고 있었다.

"…근데 왜 아직도 누나한테 이렇게 번번이 당하는 거죠? 이젠 한 번쯤은 성공할 때가 되지 않았나?"

팔이 뒤로 꺾인 채로 가려가 그 위에 올라타서 체중을 싣고 있으니 꼼짝도 할 수가 없다. 바닥에 쓰러진 형운이 애처롭게 뻗은 팔에서 불과 한 치밖에 떨어지지 않은 곳에 찹쌀떡이 나뒹굴고 있었다.

내공 수위가 6심에 도달한 형운이었지만 아직도 가려의 철통같은 방어를 뚫어보지 못했다. 그동안 그녀의 주머니가 얼마나 두둑해졌을지 궁금해진다.

"공자님은……."

가려가 잠시 고민하다가 말했다.

"공격이 약하십니다."

"윽."

지금의 형운은 감극도 때문에 방어는 정말 강했다. 하지만 방어력에 비해서 공격력이 눈에 띄게 떨어지는 게 사실이었다.

형운이 물었다.

"그거 말고 또 뭐 없어요?"

"음, 아마… 이렇게 되시는 건 워낙 방어를 도외시하고 달려드는 편이라 그러신 거겠죠."

형운이 식탐에 눈이 돌아갔을 때는 방어고 뭐고 없다. 어디까지나 가려가 막는 걸 뚫고 먹을 걸 손에 넣는 데만 정신이 팔린다.

그러다 보니 가려는 그 기세를 역이용해서 형운을 제압하는데 도가 트고 있었다.

'정상적으로 겨룬다면… 상당히 힘든 싸움이 되겠지.'

가려는 석준이 양지로 내보내고 싶어 할 정도로 천재적인 무재(武才)를 가졌다. 하지만 형운과 달리 임무를 수행해야 하기 때문에 무공을 수련하는 데 할애하는 시간이 적고, 귀혁 같은 달인에게 가르침을 받는 것도 아니다.

게다가 형운은 내공만큼은 이미 가려를 뛰어넘었다. 기심은 하나가 더해질수록 다음 기심을 만들기가 어려워진다. 6심 쯤 되면 5심까지 가는 여정을 다 합친 것보다 더 어렵다. 형운은 광혼심법의 특성과 일월성단—달을 섭취했을 때 성존과 만나는 기연으로 어이없을 정도로 쉽게 6심에 도달했지만, 대다수의 무인이 평생 6심에 도달하지 못한다.

즉 형운은 내공만으로 보면 이제 강호 어디에 가도 충분히 강력하다고 할 수 있는 수준인 것이다.

가려의 입장에서 보면 형운의 성장은 무섭다 못해 기괴했다. 다들 그를 볼 때마다 재능 없다, 무공에 입문하기에는 너무 늦었다라는 소리를 입버릇처럼 내뱉었는데, 어떻게 채 3년도 안 되어서 이런 수준에 이르렀단 말인가?

'영성님은 정말 무서운 분이다.'

현재 별의 수호자 내에서는 형운 자신보다도 귀혁의 제자

육성 능력에 대한 평가가 훨씬 높았다. 장로회에서도 나중에 그에게 제자로 맡길 인재를 고르느라 굉장히 공을 들이고 있었다.

"두 분 모두 그만 일어나시지요."

그때 복도 저쪽에서 예은이 다가오며 말했다. 이제는 영성의 거처에서 형운과 가려 혹은 다른 호위무사들이 우당탕 콰당탕 소란을 벌이다가 이런 결말을 맞이해도 다들 그러려니 하는 분위기였다.

가려는 검끝으로 바닥에 떨어진 찹쌀떡을 찍어서 회수하고 난 다음 형운을 풀어주었다. 형운이 미련을 못 버린 눈으로 그걸 바라보다가 어깨를 풀었다.

"아우, 젠장. 사부님도 무정하시지."

"왜요?"

예은이 묻자 형운이 투덜거렸다.

"사부님이 누나를 붙잡고 내 약점을 가르쳐 주셨단 말야. 그리고 새 무공을 전수해 주셔서 가뜩이나 세던 누나가 대폭 세졌지."

"그저 몇 수 가르침을 받았을 뿐입니다."

"홍, 석준 아저씨가 다 말해줬어요. 비약도 주셨다던데."

"공자님이 평소에 드시던 거에 비하면야……."

"뭐 그건 부정 못하겠지만."

귀혁은 가려에게 흥미를 갖고 몇 수 가르침을 내렸다. 석준에게 언질을 주어서 더 높은 등급의 무공 수련을 허락한 것은 물론이고 비약까지 하사했다.

그 결과 가려의 무위가 눈에 띄게 올랐다. 게다가 귀혁은 그녀가 형운을 보다 쉽게 막아낼 방법을 알려줌으로써 장벽으로써의 역할을 지속할 수 있도록 신경 쓰기까지 했다.

"더러워, 치사해. 사부님은 제자가 그렇게 간식 한 번 먹는 꼴을 못 보시나. 흥흥."

가려가 형운의 성장을 무섭다고 생각했지만, 가려 역시 호위무사로 일하면서 많이 강해졌다. 매일같이 전쟁을 치르듯이 형운이 식탐을 막는 공방을 치르는 것 역시 그녀에게 많은 도움이 되었다. 호위무사 일을 하는 동안에는 따로 무공 수련을 할 수 없는 입장에서 그 경험이 좋은 수련이었던 것이다.

즉 이것은 형운과 가려 양쪽에게 모두 이익이 되는 경험이었다.

예은이 난처한 듯 웃으며 말했다.

"하지만 공자님이 강해지셨는데 호위무사님이 약하시면 안 되잖아요."

"그야 그렇지."

형운의 호위무사는 아직도 주간에는 가려 혼자뿐이다. 형운이 별의 수호자 내에서 주목받게 되면서 호위무사를 더 늘릴 계획이었지만, 귀혁이 가려를 보고는 밖으로 나가지 않을 때는 그녀만으로도 충분하다고 단언했다.

"그럼 한바탕 움직였으니 차라도 마실까. 누나."

"네."

"같이 차나 해요."

"아니, 전……."

"나도 이제 슬슬 매번 명령이니까 하라고 싶지 않은데."

"…알겠습니다."

여전히 머뭇거리는 가려의 반응에 예은이 웃었다. 그러더니 말했다.

"그럼 공자님은 항상 드시는 걸로 드리면 되나요?"

"아, 이번에 좀 다른 걸로 바꿨다고 하시던데? 물어봐."

"네."

"그리고 예은이 너도 마시고 싶은 걸로 타오고."

"전 근무시간인데요."

"가려 누나도 근무시간이잖아. 우리만 있는데 뭐 어때? 시비장님 모르게 살짝 쉬라고, 살짝."

"네."

예은이 배시시 웃으며 차를 타러 갔다.

세 사람이 마주 앉아서 차를 마시게 되자 은은한 다향이 감돌았다. 형운이 물었다.

"그러고 보니 동생은 어때?"

"아, 이젠 붕대도 다 풀고 걸어 다녀요."

예은의 동생은 성해의 난리 통 때 두 다리가 부러지는 부상을 입었다. 형운이 예은의 부탁을 받아서 무사들을 보내지 않았더라면 위험할 뻔했다는지라 가슴이 철렁했다.

형운은 예은을 통해서 상처에 좋은 약들을 보내고, 별의 수호자의 의원을 왕진보내기도 하면서 가끔씩 차도를 물었다. 다행히 꾸준히 상태가 나아지는 것 같더니 이제는 두 다리로 걸어 다닐 수 있게 되었다고 한다.

예은이 말했다.

"공자님이 아니었으면 정말 어찌 되었을지……."

"다 나았다고 해도 한참 동안 다리를 안 썼으니 걸음걸이가 좀 불편하지 않아?"

"네, 의원님께서도 예전처럼 뛰어다니려면 좀 더 시간이 걸릴 거라고 하셨어요."

"으음, 많이 답답하겠다."

"나중에 꼭 같이 인사드릴게요."

"에이, 그럴 필요 없어. 내가 외출할 여유가 생기면 한번 같이 밥이나 먹자."

"……."

그 말에 예은이 참 복잡 미묘한 표정을 지었다. 형운이 의아해하며 물었다.

"왜 그래?"

"아니 그게… 공자님과 밥을 먹는 건 좀……."

"어? 나랑 밥 먹는 거 싫어?"

형운이 놀랐다. 예은이 한숨을 쉬었다.

"…제가 못할 짓 하는 것 같아서요."

"신경 쓸 필요 없는데."

"신경 쓰이는걸요."

약선 말고는 아무것도 못 먹는 형운을 앞에 두고 맛있는 걸 먹는 것도 곤욕이다. 형운이 정말 식욕이 없으면 모를까 냄새만 맡아도 군침을 질질 흘리는데…….

형운이 볼을 긁적였다.

"으음, 그럼 뭐… 먹는 건 됐고 차나 한잔 하지, 뭐. 우읍."

그렇게 말하며 차를 입으로 가져간 형운이 인상을 팍 구겼다.

예은이 놀라서 물었다.

"왜 그러세요?"

"…큭, 이거 매워."

"네?"

"차가 매워."

"……."

그게 무슨 소린가? 차가 매울 리가 있나?

하지만 형운은 진지했다.

"도대체 뭘 넣으셨기에 매운맛이 나지. 막 구역질 나려고 그러네. 아욱."

형운은 그렇게 말하면서도 차를 꿀꺽꿀꺽 삼켰다. 귀혁이 형운이 마실 약차의 종류를 바꾼다고 하더니 맛이 또 그동안 마셨던 것과는 다른, 익숙하지 않은 지독한 맛으로 바뀌었던 것이다.

예은이 조심스럽게 물었다.

"저기… 제 거 한 모금 드실래요?"

"안 돼. 옆에서 가려 누나가 눈을 부라리고 있잖아. 아니, 그보다 누나 복면 좀 벗어요."

가려는 찻잔을 앞에 두고도 여전히 복면을 벗지 않고 있었던 것이다. 형운이 빤히 노려보자 가려가 얼굴을 붉히면서 주섬주섬 복면을 벗는다.

"저, 저는 차 안 마셔도 되는데……."

그녀도 한창 성장할 때라 시간이 갈수록 그 미모가 빛을 발하고 있는데 저렇게 얼굴을 부끄러워하니 참…….

'역시 가려 누나는 귀여워!'

얼굴도 예쁜데 저렇게 얼굴 보이기 싫다고 부끄러워하는 걸 보면 막 가슴이 간질간질한다. 형운과 예은은 서로를 보며 완벽한 공감대를 형성했다.

'아니, 저렇게 예쁘면서 도대체 왜?'

여전히 풀리지 않는 수수께끼였다.

4

황실의 부름이 5월이었기에 귀혁과 형운은 4월 말에 총단을 떠나 제도 하운성으로 향했다. 성해는 비교적 제도와 가까운 편이라 그 정도면 충분했던 것이다.

게다가…….

"편한 수단 놓고 꼭 이렇게 가야 해요?"

그렇게 묻는 형운은 산길을 무서운 속도로 질주하고 있었다. 경사진 길인데도 일반인이 평지에서 전력 질주하는 것보다도 두 배는 빠른 속도로 달린다. 그러다가 어느 순간, 길가에 솟아난 바위를 딛더니 날다람쥐처럼 훌쩍 뛰어서 나무 위로 올랐다가 활처럼 휘어지는 나무줄기의 탄력을 이용해서 하늘로 치솟는다.

"으라차!"

단번에 10장(약 30미터) 이상 쏘아져 나간 형운이 허공에서 전후좌우로 빙글빙글 돈다. 그러다가 어느 순간 허공을 딛고 속도를 죽이면서 지상에 떨어졌다가 다시 질주한다.

그 옆을 귀혁이 점잖은 자세로 뛰고 있었다. 표현이 이상하지만 뒷짐까지 지고 조금 빨리 걷듯이 발을 내디딜 뿐인데도 휙휙 앞으로 나아간다.

"그런 것치고는 신났구나."

"이런 걸로 신나는 것도 하루 이틀이지 제도까지 갈 길이 아주 멀잖아요."

"하루에 200리(약 80킬로미터)만 가면 되는데 뭐가 그리 힘들겠느냐? 좋은 수련이라고 생각하거라."

귀혁은 말도, 마차도 없이 도보로 제도까지 가기로 한 것이다. 이 기회에 형운에게 장거리 이동 시의 경공이나 수련시키자는 의도였다. 의도는 좋지만 그 먼 길을 뛰어서 가자니 아무리 봐도 비상식적이다.

형운이 투덜거렸다.

"저야 괜찮지만 다른 사람들이 힘들잖아요."

둘만의 여행 같지만 그게 아니다. 좀 떨어진 곳에서 석준이 이끄는 영성호위대가 쫓아오고 있었다. 물론 가려도 그 속에 포함되어 있었다.

"그들은 그게 일이다. 게다가 그쪽은 말도 타고 쫓아오는데 뭐가 문제더냐?"

"에휴, 하령이도 데려가시면서 이게 무슨……."

이번 제도행에는 서하령도 따라가게 되었다. 그녀가 따라가고 싶어 해서가 아니었다. 황실에서 그녀에게도 정식으로 초대장을 보냈던 것이다. 운룡족인 운희는 지난번에 왔을 때의 일을 잊지 않고 있었다.

서하령은 귀혁을 따라갈 수 있다는 사실에 뛸 듯이 기뻐했지만, 유감스럽게도 이렇게 경공으로 이동하는 동안에는 함께할 수가 없었다. 장거리를 경공으로 이동하는 것은 아무래도 내공 수위가 절대적으로 작용하기 때문이다.

그래서 쉬어가기로 한 지점에서 그녀가 와서 털썩 주저앉으면서 한 말은 충격적이었다.

"엉덩이가 아파."

"푸웃."

형운은 마시던 약차를 뿜고 말았다.

서하령이 고개를 갸웃했다.

"왜 그래?"

"아, 아니… 아가씨가 할 말이야, 그게?"

"아픈 건 아픈 거야. 말은 처음 타봤는걸."

서하령이 입술을 삐죽였다. 이번 여행에 따라가기 위해 그녀는 급하게 기마술을 배워야 했다. 성운의 기재인 그녀인지라 기마술 자체는 금방 능숙해졌는데, 문제는 일행의 이동속도가 워낙 빠르다는 점이다. 경공으로 죽죽 나아가는 귀혁과 형운을 따라가다 보니 이런저런 지형을 계속 빠르게 주파해야 했다.

서하령이 말했다.

"너 때문이야."

"아니, 왜?"

"네가 내공이 조금만 적었어도 나도 따라갈 수 있는데."

"그게 내 잘못이냐?"

귀혁의 이동속도는 형운에게 기준이 맞춰져 있었다. 형운이 다른 건 몰라도 경공은 제법 괜찮은 경지에 올랐고 내공 수위가 6심에 달하다 보니 장거리 이동 시에 그를 따라올 수 있는 사람이 거의 없었다.

덧붙여서 귀혁의 식사도 형운에게 기준이 맞춰져 있었다.

"하아."

형운이 땅이 꺼져라 한숨을 쉬었다.

그의 앞에서 노릇노릇하게 익고 있는 생선구이 때문이었다. 냄새는 참 맛있는데… 문제는 그걸 손질해서 요리한 사람이 귀혁이라는 거다.

"이건 차별이에요!"

형운이 분노했다. 중간에 시내에서 귀혁이 휙휙 잡아낸 민물고기들은 형운과 귀혁, 서하령 모두의 식사였다. 하지만 귀혁은 자신과 형운의 것은 약선의 조리법으로 만들고 서하령에게는 멀쩡한 생선구이를 준 것이다.

귀혁은 태연했다.

"당연히 차별하지."

"큭, 그렇게 당당하시면 안 되죠."

"또래의 소녀가 들고 있는 식사거리를 보고 침을 질질 흘리는 쪽이 문제가 있다고는 생각하지 않느냐?"

형운은 자신의 생선구이에 집중하려고 애를 썼지만 자꾸만 눈길이 서하령에게 향하는 걸 어쩔 수가 없었다.

귀혁이 악마처럼 웃으면서 속삭였다.

"그럼 어디 빼앗아보지 그러느냐?"

"무, 무슨 말씀을……."

"하령아, 이거 받으려무나."

귀혁이 또 하나의 멀쩡한 생선구이를 서하령에게 건네주었다. 그리고 말했다.

"둘 다 발은 움직이지 말고 앉은 채로만, 하령이의 생선구이를 빼앗아 보거라. 성공하면 먹어도 좋다."

"어머, 귀혁 아저씨. 식사하는 숙녀한테 무슨 일을 시키시는 거예요?"

"대신 하령이가 빼앗기지 않으면 내가 새 무공을 하나 가르쳐 주도록 하마. 어떠냐?"

"좋아요."

하령이 생긋 웃었다. 요사스럽기까지 한 아름다움이 묻어

나오는 미소였다.

정상적인 소년이었다면 그 미소를 보고 얼굴이 붉어지고 가슴이 쿵쾅거려야겠지만…….

'뺏는다! 뺏고야 말겠어!'

이 순간 형운의 눈은 오로지 하령의 손에 들린 생선구이만을 보고 있었다. 지금의 형운에게는 홀라당 벗은 절세미녀보다도 생선구이가 더욱 아름다워 보일 것이다.

'어디…….'

형운이 서하령의 기세를 살폈다.

아직 그녀와는 한 번도 겨뤄본 적이 없다. 마곡정을 두들겨 패는 모습을 보면서 얼마나 강한지 가늠해 보았을 뿐.

"그럼……."

하령이 뭐라고 말하려는 순간, 형운이 움직였다. 놀라운 속도로 그 손이 허공을 관통했다.

팟! 파바밧!

손과 손이 교차하나 싶더니 일순간 다섯 번의 변화가 일어나면서 격타음이 울려 퍼졌다.

'빨라.'

서하령의 눈빛이 변했다.

솔직히 내심 형운을 좀 가볍게 보고 있었던 게 사실이었다. 내공이 높고 신체 능력이 높은 건 사실이지만 무공은 여전히 마곡정과 투닥거릴 정도밖에 안 된다 정도?

하지만 이 순간, 형운이 보여준 공세는 그녀를 긴장시키기에 충분했다.

'감극도 무심반사경이구나.'

형운은 감극도 무심반사경을 적극적으로 활용해서 허에서 실로, 실에서 허로 전환하면서 서하령의 생선구이를 노렸다. 그 기세가 마치 질풍 같았다.

그러나…….

"이제 다 식어서 못 먹을 거 같은데?"

서하령이 여전히 자신의 손에 들린 생선구이를 빙빙 돌려 보이며 말했다.

"아윽."

형운의 표정이 일그러졌다.

혼신의 힘을 다했지만 생선구이에 스쳐 보지도 못했다. 그만큼 서하령의 방어가 철벽이었다.

형운의 공세는 빠르다. 게다가 무심반사경을 이용해서 경우의 수에 따라서 쾌속하게 변화하기까지 한다.

하지만 서하령은 그 모든 변화를 사전에 통찰하고 어떤 때는 강하게, 어떤 때는 유연하게 받아넘겼다.

귀혁이 말했다.

"이번에는 네 패배다, 형운아."

"하지만 아직……."

"생선구이도 식어버렸지 않느냐? 뭐 여행은 길고 기회는 많으니 남자답게 포기하고 이거나 먹거라."

"……."

그 말에 형운이 암울한 표정으로 앞에 놓인 음식들을 바라보았다. 귀혁은 그새 영성호위대가 들고 온 이런저런 식재들을 약선으로 요리해 두었던 것이다.

'젠장! 여행의 즐거움은 먹거리라고 한 놈들 다 죽어버려!'

형운은 총단 밖으로 나가는 동안에는 제대로 된 음식을 먹을 수 있으리라 기대했던 자신을 저주했다.

5

스무 날 가까이 여행을 했지만 별일은 없었다. 거리를 두고 따라다니는 영성 호위대가 문제가 될 만한 것들을 미리미리 치워 버렸기 때문이다. 나중에 듣자 하니 제법 규모가 있는 산적 패 두 번, 그리고 노상강도단 한 번, 요괴도 한 번 만나긴 했었다는데 형운은 구경해 보지도 못했다.

또다시 식사 시간에 한바탕 서하령과 공방을 벌인 뒤, 형운이 물었다.

"아, 그러고 보니 깜빡하고 있었네. 궁금한 게 있는데."

"뭔데?"

"곡정이가 총단을 떠났다고 그러던데……."

"응. 한동안 맹렬히 무공 수련을 하더니 이대로는 안 되겠다면서 나갔지."

"어딜 간 거야?"

"고향에 갔어."

"고향?"

"북방의 설산에… 걔네 일족의 거주지가 거기거든."

마곡정은 영수 청안설표의 피를 이어받았다. 그리고 청안설표 일족은 머나먼 북방, 일 년 내내 얼음이 안 어는 때가 없다는 설산 깊숙한 곳에 살고 있었다.

형운이 의아해하며 물었다.

"거긴 왜 갔는데? 영수들한테 비전되는 무공이라도 있어?"

"그럴 리가. 무공은 인간의 것이야. 설령 영수가 인간의 모습으로 무공을 쓰는 경우가 있다고 하더라도 그것은 인간에게서 배운 것이지."

"그럼 왜 간 거야?"

형운도 바보가 아니니까 마곡정이 자신을 이길 방법을 찾아서 거기 갔으리라는 것쯤은 알 수 있었다. 하지만 뭔가 대단한 무공을 익힐 수 있는 것도 아니라면 가는 의미가 없지 않나?

생각해 보면 마곡정이 익히고 있는 무공들이 다 신공절학이라고 불릴 만한 것이다. 오성의 무공은 하나같이 대단하지 않은 게 없으니까. 이제 와서 새 무공을 터득한다고 극적으로 강해지는 일 따윈 없다.

서하령이 말했다.

"자신의 본질을 일깨우러 갔겠지."

"본질이라면 영수의 피?"

"그래. 그리고 영수들이 일족을 이루어서 모여 살 정도면 이것저것 비장해 둔 보물들이 있긴 할 거야. 별의 수호자의 비약과는 궤를 달리 하는 것들 말이지."

"기연의 단골손님으로 등장하는 내단 같은 거?"

"바로 그런 거. 그리고 곡정이가 혼혈 2세대라고는 하지만 혈통이 좋기는 하니까, 자기 일족의 어르신들을 만나면 영수의 힘을 성장시킬 수도 있고."

"그렇군. 흠."

"언젠가는 곡정이가 거쳐야 하는 길이라고 생각해. 곡정이는 영수의 피를 일깨우면 이성이 싹 날아가서 짐승처럼 날뛰는데 그건 진정한 고수들 앞에서는 자기를 죽여 달라고 하는 것과 똑같은 짓이니까. 별의 수호자에는 인간의 힘을 가르쳐 줄 사람은 있어도 영수의 힘을 가르쳐 줄 사람은 없어."

그래서 마곡정은 별의 수호자에 입문한 후 한 번도 돌아가지 않았던 머나먼 고향으로 간 것이다.

문득 형운이 물었다.

"너도 어르신들한테 그 힘을 제어하는 법을 배운 거야?"

"응?"

"영수의 힘. 지난번에 보여줬던……."

"아니."

서하령이 고개를 저었다.

"나한테는 그런 걸 가르쳐 줄 사람이 없었어."

"아……."

그녀의 표정을 본 형운은 자기가 실수했다 싶었다. 서하령의 표정에 쓸쓸함이 묻어나고 있었다.

뭐라고 말해야 할지 곤란해하는 형운 앞에서 서하령이 중얼거렸다.

"그저 내 안의 목소리만이 있었지. 그때도, 지금도……."

6

결국 형운은 제도 하운성에 도달하기까지 20여 일간 한 번도 서하령에게서 음식을 빼앗지 못했다. 어떻게든 빼앗아보겠다고 온갖 기술을 응용했지만 그때마다 서하령의 방어법은 더욱더 교묘해지기만 했다.

“자, 표정을 풀어라. 이제 곧 제도이니.”

“제도에 간다고 뭐가 달라지긴 하나요?”

형운은 잔뜩 토라져 있었다. 귀혁이 쓴웃음을 지었다.

“그래도 제도에 가면… 연회장에서는 거기 음식을 먹어도 좋다.”

“진짜요?”

형운이 눈을 번쩍 떴다.

황궁의 연회장이라면 거기 있는 요리들은 그야말로 산해진미라는 표현이 아깝지 않은 맛있는 것들뿐이리라. 그걸 먹어도 된다고 생각하자 벌써부터 입에 침이 고이기 시작했다.

서하령이 핀잔을 주었다.

“침 닦아.”

“윽.”

형운이 입가에 흐르는 침을 슥 닦고는 귀혁에게 의심의 눈길을 보냈다.

“좋긴 한데… 사부님 웬일이세요?”

“뭐가 말이냐?”

“사부님이 이렇게 선선히 허락해 주시다니, 아무리 봐도 뭔가 꿍꿍이가 있으시다고밖에는 생각 안 되는데요?”

“허허, 이거 참. 제자가 나를 신뢰하지 못하다니 슬픈 일이다.”

"오히려 너무 신뢰해서 이러는 거죠. 우리 사부님이 이러실 분이 아닌데~ 하고."

"이번에는 그런 건 없단다. 그리고 연회장이라고 제한해 뒀지 않느냐. 황궁의 연회에서까지 소란을 피울 수는 없는 노릇인데 네가 거기서 먹지 말라고 안 먹겠느냐?"

"그럴 리가 있나요. 먹죠. 무조건 먹습니다!"

"거기서는 말로라도 의지력을 보이겠느니 안 먹을 수 있다느니 하는 말을 해보면 어떻겠느냐?"

"그런 빤히 보이는 얄팍한 거짓말해 봤자 뭘 해요? 전 저를 잘 알고 스승님도 저를 잘 아시잖아요."

형운은 당당했다. 맛있는 걸 먹을 수 있다는 꿈에 부풀어서 눈이 반짝반짝 빛나고 있었다.

'이놈이 이렇게 생기발랄한 건 처음 보는군.'

귀혁조차도 그동안 자기가 너무했던 건 아닐까 하는 생각이 살짝 들었을 정도였다.

"황실에서 내준 거처에 머무르는 동안에는 당연히 먹던 대로 먹을 게다."

"뭐 그쯤이야."

형운도 그건 예상하고 있었다. 이런 일로 과한 기대감을 품기에는 형운이 지금까지 겪은 일들이 너무 아팠다.

그러는 사이 일행은 마침내 제도 하운성이 보이는 곳까지

왔다.

"와……!"

언덕을 넘어서 제도가 눈에 들어오는 순간… 형운은 입을 쩍 벌리고 말았다.

성해도 꽤 번화한 도시였고 오는 동안에는 진해의 중심도시인 진해성도 지나왔다. 그래서 제도를 본다 한들 딱히 놀라진 않으리라 생각하고 있었다.

그런데 직접 보니 입이 떡 벌어진다. 그저 거대하기 때문이 아니다. 하운성이 진해성과 비교해도 훨씬 큰 거야 사실이지만 그보다 더 놀라운 곳은 그 중심부였다.

"저게 황궁이에요?"

형운의 시선은 하운성 위쪽에 향해 있었다. 하운성 중심부에 이렇게 멀리서 봐도 으리으리해 보이는 황궁이 있고 그 중심부에는 별의 수호자 총단에 있는 성도의 탑보다도 두 배는 크고 훨씬 더 높은 탑이 있다.

그 탑 위에 거대한 궁전이 있었다.

귀혁이 말했다.

"그래, 저게 바로 운룡궁(雲龍宮)이란다."

하늘에 떠 있는 섬, 하늘의 아들이라는 황제가 기거하며 옥좌에서 백성들을 굽어본다는 운룡궁.

신수 운룡의 가호를 받는 증거라 할 수 있는 운룡궁은 지상에서 400장(약 1.2킬로미터) 정도 높이에 떠 있었다. 운룡궁과 지상을 잇는 거대한 탑은 꼭대기로 가면 용처럼 꿈틀거리는 구름에 휘감겨 있고 마치 그것이 운룡궁을 받쳐서 허공에 띄워놓는 것처럼 보였다.

"세상에."

형운은 별의 수호자에서 성도의 탑 위에 떠 있는 성혼좌를 죽 보아왔다. 하지만 거대한 돌이 떠 있는 것과 황궁이라 불리기에 부족함이 없는 으리으리한 건축물이 떠 있는 것은 감상이 다를 수밖에 없지 않은가?

슬쩍 옆을 보니 서하령도 감탄해서 할 말을 잊고 있었다. 제도의 풍경은 정말 처음 보는 이라면 누구나 압도당할 만했다.

귀혁이 말했다.

"자, 그럼 가자꾸나."

감동에 젖어 있던 일행은 그 말에 제도로 입성하기 위한 발걸음을 서둘렀다.

7

황궁에 입성하기 전, 일행은 철저하게 준비를 갖추었다. 오는 길에 형운은 머리에 쥐가 날 정도로 주의 사항들을 암기했고, 제도에 들어선 후로 그곳에 있는 별의 수호자 사업체에 들러서 옷들도 싹 갈아입었다.

그 후로는 일사천리였다. 형운은 황궁 사람들이 엄청 까탈스럽게 일행을 귀찮게 굴지 않을까 지레짐작했지만 놀라울 정도로 모든 일이 척척 진행되었다.

거기에 대해서 묻자 귀혁이 말했다.

"그야 우리도 그렇게 신분 낮은 취급은 안 받으니 당연한 일이다. 당장 하운성에 우리 사업체가 몇이고 황궁에 납품하는 약이 얼만데. 걱정할 필요 없다."

공식적으로 귀혁은 별의 수호자의 대리인이다. 별의 수호자는 황궁에 납품하는 약의 대부분을 책임지고 있는지라 감히 누구도 일행을 무시하지 못했다.

영성 호위대는 석준과 가려를 비롯한 몇몇만이 일행으로 등록하고 입성, 나머지는 하운성에서 대기하기로 했다. 황궁 안에 그들을 다 데려가는 건 불가능했다.

"누나, 좀 차분해져요."

형운이 가려를 보며 말했다.

황궁에 들어온 가려는 안절부절못하고 있었다. 어디 쥐구멍이라도 있으면 숨고 싶어 하는 기색이 역력한지라 보고 있자니 애처롭다.

하지만 형운은 흐뭇했다.

'와, 역시 누나는 복면 같은 거 안 쓰는 게 좋은데. 이렇게 꾸며놓으니 그림이네, 그림.'

특례로 황궁 안에서 무장하는 것까지는 허락받았지만 시커먼 영성 호위대원복에 복면을 쓰고 있을 수는 없었다. 황궁에 입성하기에 적합한 옷으로 갈아입고 맨얼굴을 드러낸 채 꽃단장까지 해야 했다.

'단언컨대 지금까지 중의 가려 누나 중에 최고다!'

맨얼굴이야 봤지만 이렇게 여자답게 꾸미고 있는 걸 보니 눈이 호강한다. 황실의 시비들은 너나할 것 없이 다들 미모가 빼어났지만 가려는 그녀들과 비교해도 눈에 띄게 아름다웠다.

'저 안절부절못하는 태도만 어떻게 하면 좋겠지만…….'

하지만 그것도 나름 귀여운 맛을 더해주지 않는가? 이 모습을 예은에게 보여주지 못하는 것이 안타까울 정도였다.

또한 형운의 눈이 호강하는 이유에는 서하령도 있었다.

"아저씨, 저, 어때요?"

머리를 모아서 붉은 옥비녀를 꽂고, 적황색의 비단옷을 입은 서하령은 한 폭의 그림이 걸어 다니는 것 같았다. 귀혁 앞에서 약간 수줍은 표정으로 볼에 홍조를 띠는 것이 또 보는 사람을 흐뭇해지게 만드는 매력이었다.

'와, 진짜 예쁘다.'

다른 표현이 생각나지 않을 정도다. 한창 성장기인지라 하루가 다르게 그 미모가 피어나는데 이렇게 꾸며놓으니 정말 넋을 잃고 쳐다보게 될 지경이었다.

"아주 예쁘구나."

귀혁이 한마디 해주자 또 좋아서 몸을 배배 꼬는데, 평소 마곡정을 두들겨 패던 걸 생각하면 가증스럽다고 해야겠지만…….

'젠장, 그래도 예쁜데 어떡해.'

더러운 외모지상주의가 형운의 눈을 현혹시키고 있었다. 남자들이 예쁜 여자한테 홀려서 파멸하는 이유를 알 것 같다.

황실에서 일행에게 배정한 숙소는 웬만한 장원과 맞먹는 크기였다. 무공을 수련하기에 충분한 마당에 정원도 넋을 잃을 정도로 아름답게 꾸며놓았다.

하지만 형운은 여기에 대해서는 별로 감흥이 없었다. 별의 수호자 총단이 여기보다 규모가 작을지언정 호화로움에 있어서는 뒤지지 않았던 것이다.

'진짜 황궁 별거 없네.'

눈이 높아질 대로 높아진 형운은 그 점에 있어서는 오히려 흥이 식는 기분이었다. 워낙 일상적인 공간이라 인식하지 않아서 그렇지, 형운이 쓰는 식기들만 해도 서민들은 꿈도 못 꿀 정도로 비싸고 방에 걸린 그림들이나 도자기 등의 장식물들에도 엄청난 가격표가 붙어 있다.

전에 예은과 적운루에 갔을 때 영성의 거처는 물질적인 호화로움만 보면 황궁 빼고는 비교할 만한 곳을 찾기 어렵다고 했는데, 실제로도 비슷한 수준이었다.

'그래도 죄다 크긴 하다.'

호화로움만 비교하면 동급이지만 황궁은 어딜 가나 웅장함을 뽐냈다. 복도만 해도 쓸데없이 높아서 거인들이 와도 여유 있게 통과할 것 같…….

"어? 거인이다."

형운이 눈을 휘둥그레 떴다. 황궁의 경비를 책임지는 위사(衛士)들 중에 다른 사람보다 훨씬 덩치가 큰 거인이 보였던 것이다. 그냥 덩치 큰 사람 정도로 보기에는 키가 1장(약 3미터)에 가까운 데다가 피부가 바위 같은 질감을 가졌다.

귀혁이 말했다.

"황궁은 전국 각지의 인재들을 모아두는지라 인간이 아닌 존재의 혈통을 짙게 이어받은 이들도 있단다. 실례되는 일 없도록 해라."

"네, 주의할게요."

그러면서도 형운은 멀어지는 거인 위사에게서 눈을 떼지 못했다.

문득 거인 위사가 슬쩍 고개를 돌리더니 형운과 시선이 마주쳤다. 아무래도 무공을 익혀서 그런가, 계속 쳐다보니까 멀리서도 그걸 알아차린 모양이다.

형운은 흠칫 놀랐지만 거인 위사는 불쾌해한 것은 아닌 듯 피식 웃고는 다시 고개를 돌렸다.

형운이 가슴을 쓸어내리는데 서하령이 옆에 와서 옆구리를 툭 치며 핀잔을 주었다.

"촌놈 티 내기는."

"너도 남 말……."

거기까지 말하던 형운은 말문이 막혔다. 숨결이 느껴질 정도로 가까이 다가온 하령의 얼굴이 넋을 잃을 정도로 아름다웠기 때문이다. 평소에는 익숙해져서 별로 신경 안 쓰게 되었는데 이렇게 꾸미니 충격이 꽤나 강렬하다.

하령이 물었다.

"뭐?"

"아, 아니. 아무것도 아냐. 나 촌놈 맞아, 뭘."

형운은 그렇게 얼버무리고 말았다.

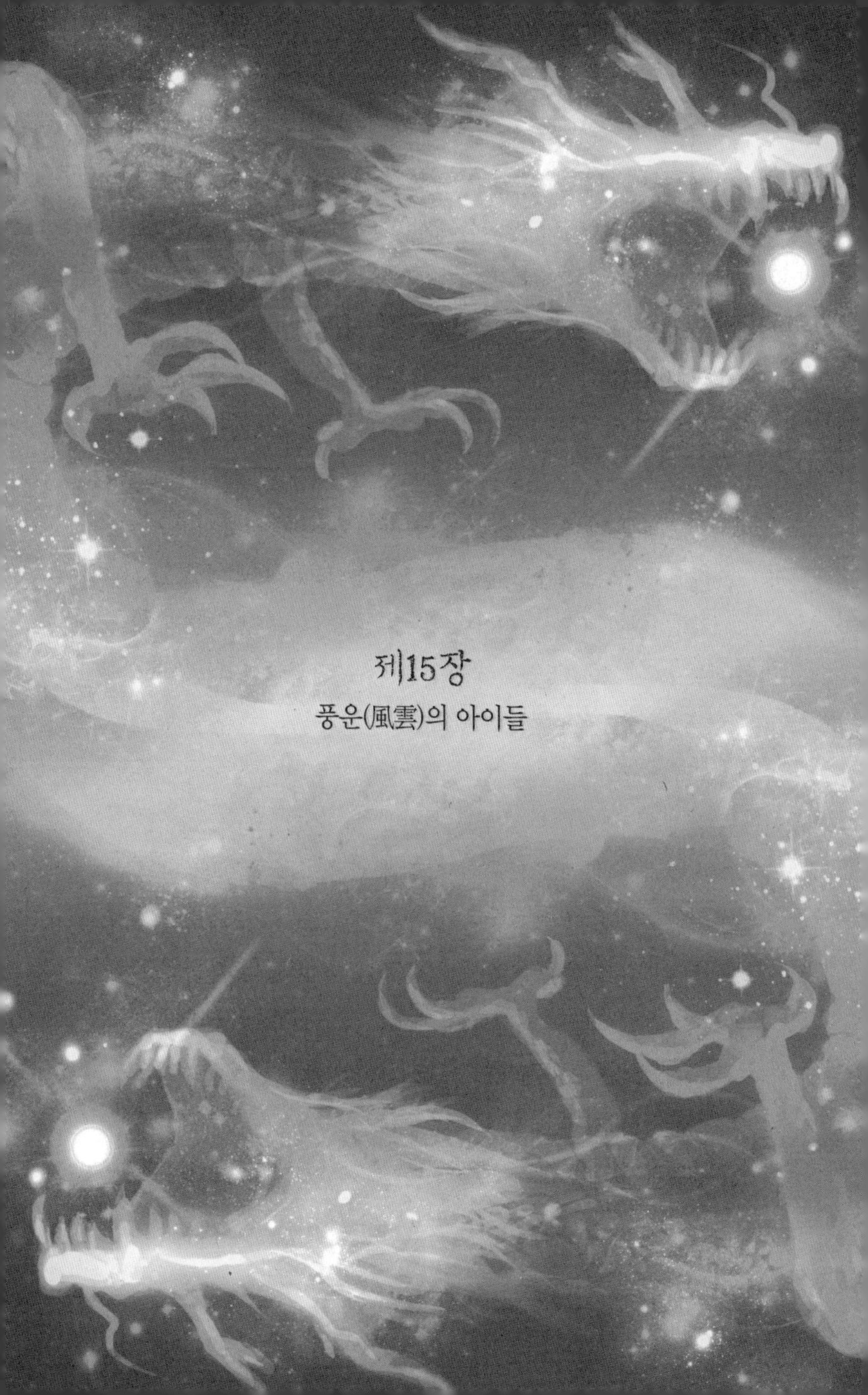

제15장

풍운(風雲)의 아이들

성운을 먹는 자

1

황실에 왔다고 해서 곧바로 황제를 알현하는 일은 없었다. 일행이 비교적 일찍 도착한 편이었고 아직 초대받은 다른 이들이 다 도착하지 않았기 때문이다.

황궁에 입성한 다음 날, 서하령은 귀혁을 졸라서 황궁을 구경하겠다고 나섰고, 형운은 괜히 나섰다가 문제라도 생길까 봐 숙소에 처박혀 있었다.

하지만 아무것도 안 하고 있자니 좀이 쑤셔서 무공 수련을 하고 있었다. 이 숙소가 외부에 노출되었으니 무공을 보이는 것을 주의하라고 듣기는 했지만 기본을 수련할 때는 그런 주의가 별로 필요 없었다.

"가려 누나, 저랑 대련해 보지 않을래요?"

그러고 보니 가려와는 정식으로 대련을 해보지 않았다.

하지만 가려는 고개를 저었다.

"싫습니다."

"와, 아주 단칼에 거절하시네. 너무해."

"전 방에서 나가지 않겠습니다. 그, 그냥 여기 있고 싶습니다."

"……."

방 안에서 열린 문으로 고개만 빼꼼 내민 채 바들바들 떠는 게 겁먹은 강아지 같았다.

가려는 누구의 시선이라도 받을까 무서워하며 방에 처박혀 있는 중이다. 형운이 숙소에 남은 것도 반쯤은 그녀를 배려해서였다.

"누군가 옵니다."

갑자기 가려가 안절부절못하던 표정을 싹 지우고 진지해졌다. 형운의 호위로서 본분을 다할 때의 모습이다. 형운이 고개를 갸웃했다.

"그게 왜요?"

"이상한 기파를 가진 사람입니다."

"음?"

형운도 기감을 활성화시켜 보았다. 그제야 가려가 말한 의미를 알 수 있었다.

“어, 확실히… 이상한 기파네요.”

강하다. 그리고 들쭉날쭉하다.

‘혼자가 아닌데.’

황궁에서 혼자 움직이는 사람은 드물다. 무관들은 물론이고 시비나 시종들도 다들 두 명 이상이 조를 이루어 움직인다.

하지만 지금 다가오는 이는 확실히 좀 이상했다. 전혀 갈무리하지 않고 자유분방하게 내뿜는 기파는 강맹하지만 안정되지 않고 제멋대로였다. 그런데 그 옆을 따라오는 두 명은 철저하게 안정된 기파를 흘리고 있었다.

곧 그 인물이 일행의 숙소 입구를 통과했다.

‘엥? 호위대 아저씨들은 뭘 한 거야?’

호위대들은 황궁의 부름이 아니고서야 외부인들을 함부로 출입하지 못하게 막고 있었다. 그런데 잠깐 실랑이가 있는 것 같더니 대번에 통과시키다니?

‘황실에서 보낸 사람이면 딱히 실랑이를 벌일 이유가 없을 텐데…….’

그렇게 생각할 때 상대가 숙소의 정원에 자라난 대나무들 사이를 지나 모습을 드러냈다.

형운이 한 번도 본적 없는 소녀였다.

'누구지?'

아주 예쁘장한 소녀였다. 나이는 형운보다는 어려서 열서너 살쯤 되어 보인다. 하지만 왠지 별로 황궁에 어울리지 않는, 소년 같은 차림새를 하고 있었고 눈매가 좀 기가 세보였다.

왠지 위압적인 눈으로 형운을 쏘아보던 소녀가 척척 걸어왔다. 거의 몸이 닿을 정도로 가까이 다가오더니 형운을 올려다보면서 묻는다.

"네가 형운이냐?"

"…그렇긴 한데 뉘신지?"

대뜸 위압적으로 내려다보는 말투로 물어오자 형운의 표정이 삐딱해졌다. 형운은 힘이나 신분을 믿고 자신을 핍박하려는 자는 남녀노소를 불문하고 반감을 가졌다.

하지만 소녀는 형운의 태도는 신경도 쓰지 않았다. 요리조리 얼굴을 살펴보더니 말한다.

"흠, 생각보다는 멀쩡하게 생겼군."

"……."

요 쬐끄만 게 사람을 앞에 두고 뭔 소리를 하는 거야? 형운이 울컥하는데 그녀가 말했다.

"무공이 제법 뛰어나다고 들었다."

"그런데?"

"어디 한번 보자."

그러더니 갑자기 다짜고짜 주먹을 뻗어온다.

'어?'

그런데 이게 기세가 보통이 아니다. 들쭉날쭉하던 기파가 갑자기 폭발적으로 커지면서 조막만 한 주먹이 무시무시한 기세로 쏘아져 왔다. 능히 바위를 부술 위력이었다.

"흠."

하지만 형운에게는 전혀 위협이 되지 않았다. 손이 닿는 거리에 들어오는 순간 너무나도 자연스럽게 그 주먹의 옆을 짚어서 가볍게 흘려낸다.

"큭?"

소녀가 당황했다. 형운의 한 수는 그저 주먹을 걷어낸 것만이 아니다. 그녀가 뛰어드는 기세는 그대로 둔 채로 궤도만을 슬쩍 틀어서 균형을 무너뜨렸다.

"원래대로라면 여기서 한 방! 이지만… 어린애를 때리진 못하겠고."

형운은 시큰둥하게 말하며 몸을 반보 돌린다. 그러자 소녀가 마치 형운의 어깨를 타 넘는 듯이 빙글 돌더니 착지, 기세를 이기지 못하고 무릎을 꿇었다.

"얕보는 것이냐!"

등을 보이는 형운에게 소녀가 돌려차기를 날린다.

하지만 소용없다. 형운은 마치 등에 눈이 달린 것처럼 가뿐하게 막아냈다. 소녀는 악을 쓰며 연속적으로 공격을 날렸지만 그 모든 것이 빗나갔다.

"왜 이러는지는 모르겠는데… 그만하자, 우리."

형운이 그렇게 말했을 때는 소녀가 지쳐서 숨을 헐떡이고 있었다. 일각(약 15분) 가까이 쉬지 않고 공격을 가했지만 형운의 옷깃 하나 상하게 하지 못했다.

"헉헉… 으윽, 감히 나를 무시하다니! 내게 모욕을 주고도 무사할 것 같으냐?"

"아니, 저기… 모욕을 논하려면 명예를 증명해야 할 텐데 처음 보는 사람한테 자기소개도 하지 않고 다짜고짜 주먹을 날린 시점에서 그건 틀렸지. 그리고 정당한 결투도 아닌데 나보고 처음 보는 여자애를 인정사정없이 때리기라도 하라고? 나를 인간 망종으로 몰아갈 셈이야?"

이제는 형운도 이 정도 말솜씨는 갖고 있었다. 소녀의 얼굴에 새빨개졌다.

"윽, 그건……."

"어디의 누구신지는 모르겠지만 분명히 높은 신분이시겠지. 그런 분께서 황궁의 손님인 나를 이런 식으로 핍박하는 건 예의가 아닌 것 같아. 그렇지 않아?"

"흐, 흥! 사특한 말재간으로 상황을 벗어나려 하느냐? 가염!"

"예."

소녀의 부름에 굵직한 목소리가 들려오며 대나무 숲 저편에 몸을 감추고 있던 이가 모습을 드러냈다. 그를 본 형운의 눈이 휘둥그레졌다.

"어라, 어제 그 거인 위사?"

어제 눈이 마주쳤던 바로 그 거인 위사였다. 이런 덩치를 하고 대나무 숲 뒤에 은신하고 있었다니 놀랍다.

'내가 좀 둔한 편이긴 하지만.'

6심이라는 내공 수위에 비해 형운은 기감 활용이 많이 떨어지는 편이다. 눈앞의 소녀가 접근해 올 때도 가려가 먼저 알아차리지 않았던가?

흘끗 뒤쪽을 보니 어느새 가려가 날카로운 표정으로 검을 들고 있었다. 그에 비해 다른 호위대원들은 왠지 굉장히 난감해하는 기색으로 개입을 안 하고 있는데…….

'이거 진짜 높으신 분인가?'

눈앞의 소녀가 어지간히 높은 신분이 아니고서야 황궁의 위사가 그 말을 따를 이유도, 영성 호위대원들이 저럴 이유가 없다.

"흠."

가까이서 보니 거인 위사의 위압감은 실로 대단했다. 키는 10척(약 3미터)에 가까운 데다가 옆으로 떡 벌어진 어깨에 바위 같은 근육질의 몸이라 그냥 주먹을 휘두르기만 해도 사람 한둘은 우습게 때려죽일 수 있을 것 같다. 피부는 보통 인간과 달리 약간 어둡고 바위 같은 질감을 가졌으며 눈은 황갈색을 띠고 있는데 담이 크지 않은 이라면 마주하는 것만으로도 오금이 저릴 것 같았다.

솔직히 형운도 좀 무서웠다.

'쫄지 마! 어차피 싸울 거라면 쫄면 안 된다!'

형운은 자신을 다잡고 그의 시선을 맞받았다.

"거기 소저, 나서지 말아주시지요."

그리고 또 다른 위사가 나타나서 가려 앞을 가로막고 섰다. 거인 위사와는 달리 키가 작고 마른 체격의 남자였는데 풍기는 기파를 보아 상당한 고수임을 알 수 있었다.

소녀가 말했다.

"저놈의 진짜 실력을 시험해 보거라!"

그러자 거인 위사가 내키지 않는다는 듯 소녀에게 물었다.

"꼭 해야 합니까?"

"이노옴! 감히 네 명을 거역할 참이냐?"

"그럴 마음은 추호도 없습니다. 다만 저 소년의 말대로 명예를 존중받기 위해서는 사람으로서 예의를 지켜야 하는 것 아니겠습니까? 게다가 저는 황궁의 위사인데 황실의 손님으로 초대받아 온 어린 소녀를 핍박하는 일이 옳겠습니까?"

"……."

실로 지적이고 신중한 태도에 형운은 입을 떡 벌렸다.

'와, 이래서 사람은 겉보기로 판단하지 말라는 거구나!'

하지만 소녀는 발을 동동 구르며 화를 냈다.

"네가 감히 내게 이래라 저래라 할 셈이냐!"

"후우, 알겠습니다. 어쩔 수 없군요."

거인은 한숨을 쉬며 형운을 바라보았다. 그리고 정중하게 묻는다.

"나는 황실 근위대 소속의 위사 가염. 자네의 이름을 알려 줄 수 있겠나?"

"어… 별의 수호자 소속 영성의 제자 형운입니다."

"그렇군. 미안하지만 일이 이렇게 되었으니 손을 쓰겠네. 다치지 않도록 조심하게."

거인은 정말 내키지 않는다는 듯 공격을 예고했다. 그러더니 한 호흡 쉬고 성큼 다가오면서 주먹을 내지른다.

후우우우우웅!

내키지 않아 하는 것치고는 바람 가르는 소리가 장난이 아니다. 주먹이 형운의 머리만큼이나 커서 한 대 맞았다가는 몸이 박살 날 것 같다.

하지만 형운은 겁먹지 않았다. 가볍게 피하면서 그 품 안으로 파고든다.

"덩치가 큰 놈들을 상대할 때는 일단 네 손발이 닿는 거리로 들어가는 걸 두려워해서는 안 된다."

귀혁의 가르침이 떠오른다. 가염 같은 거인과 싸워본 적이야 없지만 덩치 큰 괴물들과 싸울 때의 지침은 귀에 못이 박히도록 들었고 수련 중에 경험해 보기도 했다.

가염이 한 발 뒤로 빠지면서 반대쪽 주먹을 휘두른다. 덩치에 비해 움직임이 빠르다.

형운은 마치 그것을 붙잡듯이 흘려내면서 그 기세를 타고 가염의 바깥쪽으로 돌아갔다.

"네 손발이 닿는 거리는 유지하되, 적이 너를 때리기 위해서는 반드시 자세를 바꾸면서 공격을 쉴 수밖에 없는 사각지대를 찾아 움직여야 한다."

상대에게는 멀게, 자신에게는 가깝게. 그것이야말로 무예의 기초이면서 진리다.

하지만 가염도 만만찮은 실력자였다. 형운이 옆으로 빠지는 순간, 마치 그러기를 기다렸다는 듯이 발차기가 날아온다. 상반신이 틀어진 채로 하반신의 힘만으로 날린 발차기지만 그 위력은 장난이 아니다.

파악!

이건 형운도 도저히 흘려낼 여유가 없어서 정면으로 받았다.

"이런."

가염이 당황했다. 형운의 몸놀림이 생각보다 훨씬 교묘해서 자기도 모르게 힘 조절을 하지 않은 일격을 날렸다. 정면에서 받은 형운이 붕 떠서 날아간다.

"앗차."

하지만 형운은 아무런 타격도 입지 않고 빙글 돌아서 착지했다. 형운의 방어는 철벽이다. 피할 수 없는 공격이 날아드는 순간, 절묘하게 몸을 뒤로 날리면서 그 위력을 줄여 버렸다.

'이거 그냥 크게 한 방 먹일 수도 없고.'

가염은 몰랐지만 형운은 그의 발차기를 정면으로 받아치려다가 말았다. 망설이지 않았더라면 무심반사경으로 한 방 먹이고 공세를 이어갔을 것이다.

가염이 살의를 품지 않고 힘 조절을 하고 있는데 거기에다 대고 대뜸 살수를 갈겨 버리는 건 도리가 아니다. 그러다 보니 형운도 대응이 미적지근해지는 것이다.

가염이 물었다.

"보셨다시피 이 소년의 실력은 아주 훌륭합니다. 더 해야겠습니까?"

"고작 그 정도 공방으로 진짜 실력을 끌어냈다고 할 수 있겠는가?"

"어쩔 수 없군……."

가염이 인상을 구겼다. 형운의 실력은 소녀와 공방을 벌이는 걸 보고 추정한 것보다 더 뛰어나다. 여기서는 좀 더 위험한 공격을 가하는 수밖에…….

"그쯤 해두지 그러느냐?"

그런데 그때였다. 갑자기 그들 사이에 한 사람이 환영처럼 출현했다.

2

갑자기 나타난 인물이 누구도 자신을 확인할 여유도 주지 않고 형운에게 다가간다. 너무 빨라서 그 과정이 흐릿한 잔상으로 남는다.

'뭐야, 이거?'

형운은 단번에 자신의 영역을 파고드는 뭔가를 보았다. 너무 쾌속해서 눈으로 따라갈 수가 없다.

위기감을 느끼자 감극도가 최고조로 발휘된다. 몸통으로 파고드는 뭔가를 옆으로 쳐 내고…….

파아아아아!

곧바로 반격을 가할 생각이었는데 안 된다. 새하얀 뭔가에 실린 힘이 너무 커서 동작이 멈춰 버렸다. 형운의 손에 실린 기운과 반발하면서 대기가 쩌렁쩌렁 울린다.

"이, 이이이익……!"

형운의 몸이 뒤로 조금씩 밀려나기 시작했다. 그 손에 걸린 것은 새하얀 안개 같은 무언가였는데 어마어마한 힘으로 형운을 밀어내고 있었다. 형운이 내력을 끌어 올리자 마치 그에 맞추듯이 위력이 증가한다.

'이대로 가다간 날아가 버리겠어.'

그렇게 판단한 형운은 정신을 집중해서 내력을 한 번에 최고조로 끌어 올렸다. 그리고…….

'유성혼(流星魂)!'

형운이 이 자세에서 쓸 수 있는 비장의 절초를 전개했다. 내력이 집중된 손이 새하얀 섬광을 발하면서 강맹한 기공파를 뿜어냈다.

파아아아!

새하얀 안개 같은 기운이 박살 나면서 유성 같은 섬광이 비스듬하게 허공을 관통했다. 형운이 급박한 상황임에도 하늘로 날아가도록 궤도를 조절한 것이다. 사람들의 시선이 그 궤적을 좇는 것보다 한 박자 늦게 광풍이 휘몰아쳤다.

"흠!"

형운을 공격한 인물이 손을 한 번 휘젓자 보이지 않는 장막이 발생하면서 광풍을 막아낸다. 아름다운 정원을 덮치던 광풍이 그 장막에 맞고 흩어져 갔다.

그제야 형운은 그의 모습을 볼 수 있었다.

'운룡족!'

이전에 천유하가 별의 수호자 총단에 찾아왔을 때 같이 있던 운희와 같은 특징을 가진 외모였다. 투명한 광택이 흐르는 백발, 쌓인 눈 위에 그림자가 진 것처럼 옅은 청백색을 띤, 동공조차도 검지 않은 기이한 눈동자, 그리고 사슴의 그것을 닮았지만 얼음으로 만든 듯 반쯤 투명한 우윳빛을 띤 두 개의 뿔.

다만 이쪽은 형운보다 서너 살 정도 많아 보이는 청년이라는 게 다를 뿐이다. 백색 바탕에 청색의 문양이 들어간 옷을 입은 그에게서는 범접할 수 없는 신령스러운 기운이 풍겼다.

운룡족 청년이 부채를 펼쳐 입가를 가리면서 웃었다.

"이 정도면 원하는 대로 진짜 실력을 끌어낸 게 되지 않았겠나, 예령공주? 위사들을 난처하게 하는 건 좋지 않아."

그 말에 형운이 깜짝 놀라서 소녀를 바라보았다. 예령공주라니, 황족이었단 말인가?

소녀, 예령공주는 못마땅한 듯 볼을 부풀리고 있었다.

"운조 님께서 이런 일에 손을 쓰시다니……."

"하하하. 귀혁과는 나도 인연이 있는지라 공주가 그의 제자에게 말썽을 부리는 걸 두고 보기는 좀 그래. 그래서 간단하게 끝낸 거야. 하지만 이 소년은 놀랍군. 그 나이에 그 정도 내공을 연마했다니. 또래의 인간 중에는 적수가 없겠는걸?"

"……."

형운은 호흡을 고르면서 그를 바라보았다. 그가 속을 알 수 없는 미소를 지으며 말했다.

"나는 운룡족의 일원 운조라 하네. 만나서 반갑군. 귀혁의 제자가 맞는가?"

"예, 별의 수호자에서 온 영성의 제자 형운이라고 합니다."

"내 장난 때문에 기분이 상했다면 사과하지. 하지만 예령공주는 고집이 세서 말이야. 자네가 가염 위사와 서로서로 눈치를 봐가면서 미적거렸다면 폭발했을 게야. 그래서 자네가 얼마나 감당할 수 있는지를 보고자 운룡기(雲龍氣)를 사용한 걸세. 그런데 운룡기가 무거워지는 속도보다 빠르게 그걸 파훼하다니 대단하군. 혹시 무공을 익힌 지 얼마나 되었나?"

"올해로 3년이 됩니다."

"…음?"

형운의 대답에 운조가 눈을 크게 떴다. 그가 믿을 수 없다는 듯 물었다.

"혹시 13년을 잘못 말한 게 아닌가?"

"아닙니다."

그 말에 운조가 눈을 휘둥그레 뜨고 형운에게 다가와서 이리저리 살펴본다. 신기한 짐승을 보는 듯한 눈빛이었다.

"이야, 귀혁이 정말 신기한 짓을 많이 하는 인간이었지만 이건 정말 놀랍군. 혹시 자네 몇 살인가? 인간 나이는 좀 헷갈려서……."

"올해로 열여섯 살이 되었습니다."

"그럼 자네는 열세 살부터 무공을 배웠나?"

"예."

"인간들 기준으로는 굉장히 늦은 거 아닌가? 무공 성취라는 게 기맥에 탁기가 끼기 전 어릴 때부터 해야 하는 거잖아?"

"그렇습니다."

"놀랍군. 정말 놀라워."

"뭘 하고 계시는 겁니까, 숙부님?"

그때 또 다른 목소리가 끼어들었다. 다들 놀라서 그곳을 돌아보았다.

어느새 예령공주 옆에 또 한 명의 운룡족이 나타나 있었다. 운희였다.

"하계를 굽어보니 공주가 여기 와서 말썽을 부리고 있길래 내려와 보았다."

"딴짓하다가 땡땡이쳤다는 말씀이군요. 근무시간에 갑자기 사라지시는 바람에 천견(天見)에 공백이 생겨 다들 불만이 보통이 아닙니다."

"그런 거야 한창 굴러야 하는 애들이 하면 될 것 아니냐. 왜 만날 나만 일 시키려고 그러느냐."

"지난번 동해용왕의 셋째 딸과 선보는 자리에서 도망치셔서요."

"……."

운조가 윽 하고 입을 다물었다. 그뿐만 아니라 다들 할 말을 잃었다. 신수의 일족이라는 운룡족 역시 저런 인간적인 문제가 있었단 말인가?

운조가 부채를 펴서 얼굴을 가리며 헛기침을 했다.

"흠흠, 뭐 그런 이야길 여기서 하고 그러느냐. 숙부 체면도 좀 생각해 주거라."

"생각해 드릴 체면이 있는지는 모르겠지만……."

운희가 흥 하고 코웃음을 치더니 예령공주를 바라보았다.

"예령아, 장난이 좀 과하구나."

"우, 운희 님. 전 심한 짓은 안 했는걸요."

"보통 얼굴도 모르는 사람한테 다짜고짜 쳐들어와서 자기 소개도 안 하고 무작정 싸움을 거는 걸 심한 짓이라고 한단다. 인간들 기준으로 봐도 그렇지 않니?"

"우……."

예령공주가 울상을 지었다.

운희가 말했다.

"유하도 네가 이런 걸 알면 좋아하지 않을 게다."

그 한마디에 예령공주의 표정이 굳었다. 불안한 표정을 짓던 그녀가 형운을 노려보며 말했다.

"너!"

"별의 수호자의 형운이 예령공주 마마를 뵙나이다."

형운은 반사적으로 한쪽 무릎을 꿇고 황족을 배알하는 예를 취했다. 상황이 워낙 정신없어서 잊고 있었는데 원래 황족을 대할 때는 허락받기 전까지는 감히 고개를 들어서는 안 된다.

마치 자기를 부르기만 기다렸다는 듯 쾌속한 행동에 예령공주가 주춤했다. 그러다가 곧 정신을 차리고는 말했다.

"고개를 들라."

"예."

"명령이다. 이 일을 절대 천유하에게 알리지 말라."

"…네?"

형운이 어리둥절해하며 물었다. 그녀의 명령이 워낙 예상 밖이라서 뭔 말을 하고 있는지 이해하는데 시간이 걸렸다.

"어, 그러니까 혹시… 성운의 기재 천유하 말씀하시는 겁니까?"

"그래! 말했다가는……."

예령공주가 엄지손가락을 들어 목을 긋는 시늉을 했다. 예쁘장한 소녀 공주와는 하나도 안 어울리는 행동이었다.

운희가 말했다.

"예령아, 그런 행동은 또 어디서 배웠니?"

"네?"

"방금 전에 한 그거. 공주가 되어서는 몸가짐이 그래서 쓰겠니? 황실의 권위와 명예를 생각해야지."

"그, 그게……."

난처해하는 예령공주를 구원한 것은 그 자리에 나타난 새로운 인물이었다.

"별의 수호자의 영성 귀혁이 예령공주 마마를 뵙습니다."

"별의 수호자의 서하령이 예령공주 마마를 뵙습니다."

귀혁과 서하령이 돌아와서 예령공주에게 예를 올렸던 것이다.

3

예령공주는 짐짓 위엄 있는 표정을 연기하며 말했다.

"고개를 들라."

두 사람이 그 말에 따르자 예령공주의 눈이 휘둥그레졌다.

"너는……."

그녀의 시선이 서하령에게 못 박혀 있었다. 그녀도 언제나 예쁘다, 예쁘다 소리를 들어왔지만 서하령의 미모는 비슷한 또래의 소녀로서 넋을 잃고 바라볼 수밖에 없었다.

그녀가 할 말을 잃자 서하령이 물었다.

"하명하실 말씀이 있사옵니까?"

"…아니, 아니다."

"생각보다 빨리 다시 보게 되었군, 귀혁."

운희가 말했다. 귀혁이 대답했다.

"그렇군요. 운희 님."

"나는 제법 오랜만인 것 같은데. 21년 만인가? 흰머리가 좀 늘었군, 귀혁."

운조가 인사했다. 그는 진야 사건 때 참여하지 않았기 때문에 귀혁과는 보다 오래전에 만났다.

"그렇군요. 흑영신교를 뒤집어놨을 때 이후로 처음이지요."

"그때는 대단했는데. 나도 워낙 힘의 소모가 커서 좀 오래 잤지. 내가 자는 동안 진야가 그렇게 되다니 아쉬운 일이야. 그 친구가 원래 좀 인간에게 애착이 컸던 것이 그런 일을 부를 줄이야."

신수의 일족인 운룡족의 권능은 인간의 상상을 초월한다. 수천 리 너머를 보고, 한 번에 거기까지 이동하기도 한다.

그러나 그렇기에 그들은 인세에 자유롭게 개입할 수 없었다. 인간의 행동을 제약하는 사회의 법처럼 많은 제약에 묶여 있었는데, 흑영신교와의 결전은 그런 그들이 힘을 쓸 수 있는 기회 중에 하나였다. 인간이 아닌, 초월적인 권세가 세상을 어지럽히고 운룡이 수호하는 하운국의 명운을 위협할 때.

운조는 신수 운룡의 명에 따라 흑영신교 제압에 참여했다. 인간끼리의 싸움은 인간들에게 맡기고 지상에 강림하려는 초월적인 악에 맞섰고 그 결과 깊은 부상을 입고 10년 이상 잠들어야 했다.

감상에 젖었던 운조가 말했다.

"어쩌면 또다시 같이 싸울 날이 올지도 모르겠군."

"그러지 않기를 바랍니다만."

"하하하, 그래. 인간 손으로 해결할 수 있는 문제만 일어나는 게 제일이지."

운조가 부채를 펼치며 웃었다. 그러더니 서하령을 보며 묻는다.

"그런데 이 아이는 누군가? 자네 제자도 놀랍던데 이 아이는… 거의 황족만큼이나 놀라운 존재군."

대영수의 혈통이며 성운의 기재인 서하령은 운희가 말한 대로 역대 성운의 기재 중에서도 보기 드문 잠재력의 소유자였다. 귀혁이 대답하기 전에 운희가 나섰다.

"역시 인간 아이는 쑥쑥 크는구나. 영수의 피가 진해서 어떨까 싶었는데 성장은 인간과 똑같이 하는 게로군."

운희가 서하령을 요리조리 뜯어보면서 말했다. 인간이라면 실례되는 행동이었지만 운희에게는 모욕을 주거나 무례를 저지른다는 인식이 전혀 없다. 황실에서 살고 있긴 하지만 운룡족은 인간과는 격식이나 예절에 대한 개념이 좀 달랐다.

"이 시대의 성운의 기재들이 이렇게 한자리에 모이다니 재미있는 일이야. 어떤 풍운이 너희를 기다리고 있을지……."

"조검문의 천유하 외에도 다른 성운의 기재가 황실에 옵니까?"

귀혁이 물었다. 운희가 미소 지었다.

"기대해도 좋아."

"알려주시진 않을 모양이군요."

"직접 접하는 게 재미있지 않겠나? 귀혁, 너는 언제나 나를 놀라게 했으니 내가 이 정도 장난을 치는 건 받아들이도록."

운희가 그렇게 말하면서 형운에게 눈길을 주었다.

전에 별의 수호자 총단에 갔을 때, 그녀는 형운에게 전혀 관심을 갖지 않았다. 귀혁의 제자라는 점을 제외하면 특출 난 구석이 전혀 없었기 때문이다.

하지만 다시 만난 형운은 놀라웠다. 귀혁이 도대체 어떤 방법으로 고작 1년 반 만에 형운을 저렇게 바꿔놓았는지 짐작조차 가지 않았다.

"별의 운명을 좇는 아이라……."

운희는 그렇게 중얼거리며 웃었다.

"그럼 우리는 이만 물러가도록 하지. 밀린 이야기는 내일 만찬 때 나누기로 하고… 아, 하령아."

"네."

"네게는 차라도 한잔 대접하고 싶구나. 내 거처로 같이 가 보자꾸나. 귀혁, 이 아이를 잠시 빌려가도 괜찮겠지?"

"못된 장난만 안 치시면 괜찮습니다."

"나는 숙부님과 달리 예의와 도리를 아는 몸이다. 그런 걱정은 필요 없어."

"아니, 거기서 내가 왜 나와?"

운조가 눈살을 찌푸렸다. 운희가 눈을 흘겼다.

"평소 행실을 생각해 보시지요. 예령아, 너도 같이 가겠니?"

"네."

예령공주가 조금 전까지 보이던 왈가닥 같은 모습은 온데간데없이 다소곳하게 말했다. 그 모습을 본 형운은 소름이 끼쳤다.

'와, 가증스럽다.'

다짜고짜 사람한테 주먹을 휘두르며 시비를 걸고, 발설하면 죽이겠다고 목을 긋는 시늉을 하던 왈가닥은 어디 가고…….

운희가 말했다.

"그럼 우리는 먼저 실례하지. 숙부님도 놀지 말고 얼른 천견의 방으로 돌아가세요. 아버님이 벼르고 계십니다."

그 말과 함께 운희와 서하령, 예령공주가 꺼지듯이 사라져 버렸다. 운희의 특기인 축지로 공간을 뛰어넘은 것이다.

운조가 입맛을 다셨다.

"거참, 나도 데려갈 것이지. 그럼 나도 이만 물러가겠네. 또 보세."

운조도 축지를 써서 사라졌다. 그것을 본 형운이 눈을 크게 떴다.

"어?"

"왜 그러느냐?"

귀혁이 물었다. 형운이 대답했다.

"아, 그게… 운희 님이 사라졌을 때랑 운조 님이 사라졌을 때랑 달라서요."

운희가 축지를 썼을 때는 정말 꺼지듯이, 아무런 자취도 남기지 않고 사라져 버렸다. 그런데 운조가 사라진 자리에는 공간에 물결 같은 파문이 일면서 풍경이 일그러져 보였다가 원래대로 돌아갔다.

귀혁이 말했다.

"운희 님은 운룡족 중에서도 인정받는 축지의 달인이다. 운룡족은 신적인 권능을 가졌지만 개개인의 특기는 다 다른 법이지."

"헤에, 그렇군요."

형운은 신수의 일족이라 불리는 이들에게도 인간처럼 잘하고 못하는 것이 있다는 사실이 신기하다. 귀혁이 말했다.

"거기 위사분들은 차라도 한잔하고 돌아가시지요."

"아닙니다. 아직 근무 중이고 공주님이 운희 님을 따라가셨으니 보고를 하러 가봐야 합니다."

거인 위사 가염이 정중하게 말했다. 그러자 가려와 대치하고 있던 작은 체구의 위사는 재미없다는 듯 입술을 삐죽였다. 아무래도 귀혁의 초청을 핑계로 놀고 싶었던 것 같았다.

가염이 형운에게 말했다.

"형운, 자네의 실력에는 탄복했네. 어리면서도 정말 무공이 고강하군. 공주님의 명이라 하나 어린 자네를 핍박한 것은 미안하게 생각하네."

"아, 아닙니다. 사정을 봐주셔서 다치지도 않았고……."

"그렇게 말해주니 고맙군. 나중에 또 만나길 빌겠네. 그럼."

가염은 형운과 마주 예를 표한 뒤 작은 체구의 위사를 끌고 가 버렸다.

형운이 중얼거렸다.

"공주님은… 제가 어렴풋이 생각했던 것과는 완전히 다른 분이시네요."

"예령공주께서 원래 성품이 자유분방해서 주변에서 난처해한다는 이야기가 많았지. 오죽하면 장차커서 무장이 될지도 모른다고들 하니."

"무장이요? 공주님인데요?"

"여자의 몸이지만 무재가 있으며 본인이 무예에 흥미가 많다고 하니 그러지 못할 이유는 없다. 무엇보다 황족이니까. 역대에 황족 여성 중에는 무관으로 활약한 이가 꽤 있었지. 범인들과는 다른 힘을 타고나기에 조용히 살아가는 것에 만족하지 못하는 것인지도 모른다. 공주님을 상대하면서 뭔가 특이한 것을 느꼈느냐?"

"음……."

형운은 잠시 생각해 본 뒤 대답했다.

"제가 감지한 내력에 비해서 힘이 많이 셌어요. 마치……."

그 어긋남은 어딘가 익숙하다. 마치 마곡정을 상대할 때처럼.

"내공 수련과 상관없이 원래부터 힘이 무지 센 것처럼요."

"잘 보았다. 신수 운룡에게 수호받는 황족은 보통 인간과는 다르단다. 모두 큰 힘을 타고나지."

황족은 보통 사람보다 강건한 육체를 가졌으며 수명도 긴 편이다. 역대 황족 중에는 150년을 넘게 산 이에 대한 기록도 있었다.

"아, 그래서 그랬구나……."

어쩐지 좀 묘하다 싶었다. 기파가 들쭉날쭉한 것도 그렇고 내력에 비해 신체 능력이 훨씬 뛰어난 것도 그렇고…….

귀혁이 말했다.

"그나저나 재미있게 되었구나."

"뭐가요?"

"운희 님의 말씀으로 미루어보아 이번에 성운의 기재가 제법 많이 이곳에 오는 모양이다. 흥미롭지 않으냐? 하령이나 천유하 말고 다른 성운의 기재는 어떨지?"

"별로 마주치고 싶진 않은데……."

형운이 쓴웃음을 지었다. 하지만 궁금하지 않다면 거짓말이었다.

4

다음 날 저녁, 운희가 말한 대로 이번 일로 황실에 초대 받은 이들을 위한 만찬회가 열렸다. 형운은 긴장으로 뻣뻣해져서는 귀혁을 따랐다.

서하령이 물었다.

“왜 그렇게 얼어 있어?”

“넌 긴장 안 돼? 황제 폐하도 나오신다는데…….”

“되긴 하는데 너 정도는 아니야.”

“끙. 그러고 보니 어제 운희 님하고 같이 갔을 때는 어땠어?”

그렇게 묻자 서하령의 표정이 묘해졌다. 그녀가 꿈을 꾸는 듯한 눈빛으로 말했다.

“아, 정말… 이 세상 같지 않았어.”

“응?”

“설명하기가 어려워. 정말 이 세상 같지 않은 곳이었어. 땅 대신 구름을 밟고 걷고, 흐르는 구름을 물 대신 마시는 기분 넌 모를 거야.”

“…정말 모르겠다, 그거.”

전설의 한 장면 같은 이야기인데 서하령이 말하는 투를 보니 정말로 겪은 일인 모양이다.

그렇게 이야기를 나누는 사이 일행은 만찬회장에 도착했다.

형운이 생각했던 것과 달리 만찬회장은 황궁 뒤쪽의 정원이었다. 황제가 나오는 자리니까 으리으리한 대전에 사람들이 잔뜩 모이지 않을까 싶었는데 정원 한가운데 스무 명 정도가 앉을 수 있는 긴 탁자를 가져다놓았을 뿐이다.

"무기를 가지셨으면 맡겨주십시오."

정원 주변을 지키고 선 위사들이 정중하면서도 위압적으로 말했다. 귀혁이 대답했다.

"무기는 없소."

황실의 손님들은 황궁에서도 무기를 소지할 수 있다. 하지만 황제의 어전에서는 허락되지 않는 일이다.

위사들은 몸수색을 하지 않았다. 만찬회장인 정원 주변에 특수한 기환진이 펼쳐져 있어서 무기 소지 여부를 가려낼 수 있게 되어 있었기 때문이다.

형운은 투명한 빛으로 이루어진 기환진을 신기한 듯이 바라보면서 통과했다.

만찬회장에는 단 두 명의 인물만이 와 있었고 그중 하나는 형운 또래의 소년이었다.

앉아 있던 이가 일어나서 귀혁을 보며 아는 척을 했다.

"오랜만입니다, 영성."

보는 순간 마음이 편안해지는 기파를 흘리는 중년인이었다. 준수하고 점잖은, 어딘가 탈속한 느낌이 드는 이였는데 백색과 청회색에 태극이 그려진 도복을 입은 것으로 도문(道門)에 속한 도사임을 알 수 있었다.

귀혁이 예의 바르게 답례했다.

"반갑군, 선검."

그 말에 형운이 놀라서 헛숨을 삼켰다. 눈앞의 중년 도사가 누구인지 알아차린 것이다.

팔객의 일원, 선검(仙劍) 기영준.

강호의 살아 있는 전설 중 하나가 그곳에 있었다.

기영준이 물었다.

"오랜만에 보는데도 마치 세월이 피해가신 것 같군요."

"그건 선검도 마찬가지 아닌가?"

"하하, 전 주름이 많이 늘었지요. 옆에 있는 아이들은 제자입니까? 제자를 받으셨다는 이야기는 들었습니다만."

그 말에 귀혁이 속으로 웃었다. 예의를 차리느라 마치 아무것도 모르는 것처럼 말했지만 기영준은 형운에 대해서 아주 잘 알고 있을 것이다. 그는 태극문이라는 거대 문파를 대표하는 얼굴이니 아무것도 모를 수가 없다.

귀혁은 겉으로는 그런 내색을 전혀 하지 않고 대답했다.

"이 아이가 내 제자인 형운일세. 이쪽은 우리 장로님의 손녀인 서하령인데 이번에 운희 님께서 특별히 초대해 주셨지."

"아, 성운의 기재라는……."

"그렇다네. 인사드리거라. 팔객의 일원이신 선검이시다."

"명성이 자자한 선검 대협을 뵙게 되어서 영광입니다. 형운입니다."

"처음 뵙겠습니다. 서하령입니다."

형운과 서하령이 그에게 인사했다. 그러면서도 형운은 기영준에게서 눈길을 떼지 못했다. 강호의 일에 대해서 잘 모르던 시절에도 귀에 못이 박히도록 들었던 팔객의 일원이 눈앞에 있다니…….

'뭐 사부님도 그중 하나시긴 하지만.'

그래도 늘 보던 귀혁과는 아무래도 감상이 다를 수밖에 없다.

문득 기영준의 뒤쪽에서 도복을 입은 소년이 다가왔다. 왠지 험악한 눈매에 자신감 넘치는 표정을 하고 있었는데 별로 도복이 어울리는 인상이 아니었다.

"이쪽은 제 제자인 가신우라고 합니다. 신우야, 인사드리거라. 별의 수호자의 영성이신 귀혁 대협이시다."

"처음 뵙겠습니다. 가신우입니다."

소년이 정중하게 인사하더니 서하령에게 흘끔 눈길을 준다. 그러다가 서하령과 눈이 마주치자 재빨리 시선을 돌렸다.

그것을 본 형운이 속으로 피식 웃었다.

'하령이가 예쁘긴 하지.'

아무래도 또래의 소년이라면 도저히 눈길을 안 주고는 못 배길 미모인 것이다. 저 반응도 이해가 갔다.

귀혁이 말했다.

"성운의 기재라고 들었는데 과연 벌써부터 성취가 뛰어난 것 같군."

"하하하, 못난 사부에게는 과분한 제자지요. 요즘은 이 녀석 가르치는 맛으로 산답니다."

기영준이 겸양하지도 않고 팔불출처럼 제자 자랑을 했다. 그 말에 가신우가 부끄러운 듯 고개를 숙였는데, 형운은 직전에 그의 표정을 보고는 속으로 혀를 찼다.

'이야, 뭐 당연한 말을 또 하고 그러시나, 하는 표정이네, 저거.'

객잔에서 하인 노릇하던 과거 때문에 남의 눈치를 살피는 데는 도가 튼 형운이다. 한순간의 표정 변화만으로도 가신우가 꽤나 자신감이 넘치는 성품임을 알아볼 수 있었다.

'하긴 성운의 기재니.'

태극문이 유구한 역사와 전통을 가진 문파라지만, 아마도 가신우는 넘쳐나는 재능 탓에 동년배 중에서는 적수가 없었으리라. 수련 기간이 짧다는 것을 감안해도 말이다.

선검이 말했다.

"이번에는 진야 사건 때 참여했던 이들을 중심으로 초대한 모양입니다."

"그런 것 같군. 전원은 아니지만……."

"하하, 아무리 그래도 황실에서 자객이나 해적의 왕을 초대할 수는 없는 노릇이니까요. 마침 또 한 분이 오시는군요."

기영준이 입구 쪽을 바라보았다.

그곳에 두 사람이 모습을 드러냈다. 백색과 청색의 옷을 입은 싸늘한 인상의 중년 여성과 얌전한 인상에 체구가 작은 소녀였다. 갖고 있던 검을 위사들에게 맡기고 들어오는 두 사람을 보는 순간 형운은 한기를 느꼈다.

'뭐지?'

오싹하다는 의미가 아니다. 문자 그대로 갑자기 추위가 엄습해 오는 듯한 감각을 맛봤다.

기영준이 그녀들에게 다가가며 인사를 건넸다.

"오랜만에 뵙습니다, 검후(劍后). 그간 참으로 격조했지요?"

형운이 눈을 빛냈다. 그 인사만으로도 그녀의 정체를 알 수 있었던 것이다. 강호가 넓다 하나 별호에 검후라는 호칭이 붙은 여성은 단 한 명뿐이다.

'설산검후(雪山劍后) 이자령!'

팔객의 일원이며 북방 설산에 자리 잡은 백야문(白夜門)의 문주라는 여성 검객. 그녀가 젊은 시절 강호를 떠돌며 남긴 족적은 사람들 사이에서 전설처럼 회자되고 있었다.

기영준과 인사를 나눈 그녀가 문득 귀혁과 눈길이 마주쳤다. 동시에 형운의 감각을 엄습하던 한기가 강해졌다.

'어?'

뼛속까지 스며드는 듯한 한기에 형운의 몸이 덜덜 떨렸다. 무공을 연마하는 동안 더위와 추위에도 엄청 강해져서 웬만큼 추워서는 기별도 가지 않는데 지금은 엄청나게 추웠다.

이자령은 원래부터 차가운 인상의 소유자였다. 하지만 귀혁을 바라보는 눈길에는 북풍한설보다도 차가운 감정이 담겨 있었다.

그에 비해 귀혁은 담담했다.

"오랜만이군, 검후. 내가 마음에 안 드는 거야 이해하지만 조금 아이들을 배려해 주시지 않겠나?"

"음."

동시에 형운의 감각을 엄습하던 한기가 썰물 빠지듯이 사라졌다.

"그렇군. 실례를 했어."

이자령의 말에 형운은 그 한기가 그녀가 뿜어낸 기파였음을 깨달았다. 그저 감정이 변화하는 것만으로도 그런 변화가 일어난 것이다.

두 사람 사이에서 난처해하던 선검이 화제를 돌렸다.

"그나저나 이쪽의 소저는 제자분이십니까?"

"이미 알고 있으면서 그렇게 천연덕스럽게 굴 필요는 없네. 내 제자인 진예라고 하지. 선검 당신의 제자와 마찬가지로 성운의 기재고."

"하하하. 무슨 말씀이십니까? 이 자리에서 처음 만나는 것을."

너스레를 떠는 기영준에게 진예가 앞으로 나서며 인사를 한다. 그녀의 인사에 답례한 기영준이 말했다.

"그나저나 놀라운 일이군요."

"무엇이 말인가?"

"오늘 이 자리에 성운의 기재 셋이 모였다는 사실이."

"호오. 두 제자 말고 또 있단 말인가? 누구를 말하는 것이지?"

"바로 저 소녀입니다."

"흠, 영성의 제자는 성운의 기재가 아니라고 들었는데 내가 잘못된 이야기를 들은 건가?"

"내 제자가 아니다. 우리 장로님의 손녀지. 내 제자는 이쪽이고."

귀혁이 말하며 형운을 내밀었다. 이자령이 형운을 보더니 말했다.

"사부랑은 기질이 별로 안 닮았군. 다행이야."

"……."

아무래도 이자령은 귀혁을 굉장히 싫어하는 것 같았다.

그리고 또 다른 인물들이 등장했다.

"아."

형운이 그들을 보고 탄성을 질렀다. 우격검 진규와 그 제자 천유하가 조금 주눅 든 기색으로 나타났던 것이다.

귀혁이 먼저 아는 척을 했다.

"오랜만이군요."

"아, 격조하셨소. 그때는 신세가 많았소이다."

진규는 아는 얼굴이 보이자 반가워했다. 아무래도 지역의 명문이라고 하나 시골에서 올라온 그는 황실의 으리으리함이 부담스러웠고 곧 황제를 배알해야 한다는 사실에 바짝 긴장했다. 그건 천유하도 마찬가지인지라 형운과 서하령을 보는 순간 얼굴에 굉장히 반가워하는 기색이 떠올랐다.

천유하가 귀혁에게 인사했다.

"오랜만에 인사드립니다. 그때는 정말 감사했습니다."

"그래, 태양의 기운은 다 소화했느냐?"

"어르신께서 도와주신 덕분에 그럴 수 있었습니다."

천유하가 겸허하게 대답했지만, 그것은 즉 일월성단—태양의 기운을 완전히 자신의 것으로 만들었다는 대답이었다. 다른 사람이라면 몇 년은 걸렸을 일이거늘 1년 반 만에 해낸 것이다.

선검이 물었다.

"영성, 우리에게도 이분들을 소개해 주지 않겠습니까?"

"그러지. 이쪽은 호장성에 있는 조검문의 장로이신 진규님이고 우격검이라는 별호로 불리신다네. 그리고 이 소년은 그 제자 되는 소성검(小星劍) 천유하다."

"호오. 이 소년이 그 소문의……."

기영준과 이자령의 눈이 빛났다. 그들만이 아니라 제자들도 모두 천유하에게 시선이 집중되었다.

천유하는 하운국에 있는 성운의 기재들 중에서도 가장 명성이 높았다. 소속되어 있는 문파는 가장 격이 낮지만 본인은 예령공주를 구한 일로 이름을 떨쳤기 때문이다.

그들이 더 이야기를 나누려는데 시종이 들어서서 말했다.

"곧 황제 폐하가 드십니다."

"벌써?"

이자령이 의아해했다. 당연히 황제는 사람들이 다 모이고 한참 후에나 올 것이라고 예상했기 때문이다.

시종이 대답했다.

"오늘 만찬회에 참석하시는 분들은 이 자리에 다 모여 계십니다. 착석해 주시기 바랍니다."

"음?"

다들 의아해하면서도 자리에 앉았다. 탁자에 놓인 식기의 수는 좀 더 많았기에 이러리라고는 짐작하지 못했다.

잠시 후, 시종이 목소리를 높여 말했다.

"황제 폐하가 드십니다! 모두 하늘을 우러러주십시오!"

뜬금없는 주문에 형운이 어리둥절해하면서도 따랐다. 그리고 깜짝 놀랐다.

'헉!'

하늘에서 사람이 내려오고 있었다.

황궁 중앙에 위치한 운룡의 탑 위에 떠 있는 운룡궁, 거기에서부터 이 자리에 주변의 햇살보다 약간 더 집중된 빛의 길이 나타나고 그 위로 한 사람이 두둥실 떠서 낙하해 온다. 위사 하나와 시종 하나가 그 뒤를 따르는데 아무리 봐도 현실의 광경 같지가 않았다.

'저게 황제 폐하…….'

백색 바탕에 청백색으로 구름의 문양이, 그리고 금실과 은실로 용의 문양이 수 놓여진 용포(龍袍)가 바로 그가 황제임을 증명했다.

빛의 길을 따라 하늘에서 내려온 황제가 정원에 내려서더니 좌중을 둘러보며 말했다.

"모두 모였군. 짐이 많이 늦지는 않았나?"

"황제 폐하를 뵙습니다!"

모두가 무릎을 꿇고 예를 표했다.

5

황제가 말했다.

"모두 고개를 들라. 나머지 귀찮은 예식은 생략하고 자리에 앉도록."

그리고 상석에 앉는 그의 뒤에 함께 내려온 위사가 버티고 섰다.

형운은 황제의 말이 떨어졌음에도 어찌해야 할지 몰라 머뭇거렸지만, 귀혁이 일어나는 것을 보고는 따라서 자리에 앉았다.

황제는 젊었다.

스물여덟 살의 나이로 선대 황제의 뒤를 이어 황위에 오른 지 15년, 분명히 사십 대 중반의 중년이다. 그런데도 겉으로 보기에는 아직 삼십 대 초반 정도로밖에 보이지 않았다. 황제가 제위에 머무르는 동안 신수 운룡의 가호를 받기 때문에 가능한 일이다.

'저게 운검위(雲劍衛)구나.'

형운이 황제의 뒤에 선 위사를 보며 생각했다.

운검위는 대대로 황제의 신변을 지키는, 운룡에게서 받은 신령스러운 무기를 휘두르는 특별한 위사였다. 황궁을 지키는 위사들 중에서도 가장 충성스럽고 뛰어난 자만이 될 수 있다고 한다.

운검위는 다른 위사들과 같은 옷을 입고 있었지만 얼굴에는 재질을 알 수 없는 매끈하고 새하얀 가면을 쓰고 있었다. 황제 앞에서 감히 얼굴을 가리고 있을 수 있다는 것만으로도 특별 취급을 받는다는 사실을 알 수 있으리라.

황제가 말했다.

"오랜만에 보는데 다들 신수가 훤하구나. 짐이 정무를 보느라 고생하는 동안 강호에서 아주 신나고 즐겁게 살아온 듯하군."

참석한 면면을 하나하나 본 황제가 말을 이었다.

"왜 이거밖에 안 모였는지 의아해하리라 생각한다. 오늘 이 자리에는 일부러 그대들만을 불렀다. 조금 흥미가 있어서."

마교들의 준동과 관련해서 황실에 초대받은 인원은 이 두

배는 되었다. 하지만 그들은 다들 일파의 종주들이었고 제자까지 대동할 권리는 얻지 못했다.

즉 황실에서는 처음부터 팔객의 일원들, 그리고 성운의 기재로 알려진 제자들만을 초대한 것이다.

"이 점에서 영성, 그대의 제자는 좀 예외였다. 그대가 굳이 소성검 천유하를 걷어차고 그 아이를 제자로 들인 일이 워낙 유명해서 짐의 귀에까지 들어왔거든."

그 말에 형운과 천유하가 얼굴을 붉혔다. 황제가 말을 이었다.

"모처럼의 만찬회니 이야기는 좀 미루도록 하지. 일단은 황실 요리사의 솜씨를 맛보도록 하라."

그 말에 형운은 눈이 번쩍 떠지는 기분이었다. 그러면서 귀혁을 바라본다.

'여기 연회장 아닌데 먹어도 돼요?'

라고 물어보는 눈빛이었다. 귀혁은 복잡 미묘한 표정으로 형운을 바라보다가 슬쩍 고개를 끄덕였다.

'아싸!'

형운이 방방 뛰며 기뻐하고 싶은 기분을 억누르는데 기가 막히게 맛있는 냄새가 솔솔 풍겨왔다. 시종들이 음식을 내오기 시작한 것이다. 곧 상다리가 휘어지도록 엄청난 양의 음식들이 탁자에 놓여졌다.

황제가 먼저 젓가락을 들며 말했다.

"모두 들도록 하지."

그리고 잠시 형운이 정신줄을 놓았다.

6

'헉?'

정신을 차린 것은 누군가 옆구리를 쿡 찍었기 때문이었다. 깜짝 놀라서 옆을 보니 서하령이 째려보고 있었다.

곧 형운은 자신이 무슨 짓을 저질렀는지 깨달았다.

처음에는 그래도 들뜨기는 했어도 황제의 어전이라는 것을 염두에 두고 주의했다. 하지만 황실의 요리사가 한껏 솜씨를 부려 만든 왕새우 요리를 젓가락으로 집어 입으로 가져가는 순간, 입속에서 가공할 맛의 향연이 폭발했다!

'아, 이것이 새우의 참맛인가!'

기환술까지 동원하여 산지의 신선함을 그대로 유지한 채 황실 주방으로 운송, 그것을 통째로 찌고, 튀긴 뒤 황실 요리사 비전의 양념을 더한 왕새우의 맛은 비범했다. 보통 사람이 맛보았어도 그 맛에 감탄했을 텐데 그동안 식사에 대해서는 고행자의 삶을 살아왔던 형운은 천지가 뒤집어지는 듯한 충격을 받았다.

'바다! 바다에서 춤추는 새우들의 대군이 보인다!'

그런 환상이 보이는 듯한 착각 속에서 형운의 이성이 증발했다.

그리고 정신을 차려보니 앞에 놓여 있던 접시에 뭔가를 발라먹은 듯한 뼈와 껍질과 양념이 수북했다. 그리고 자신을 빤히 바라보는 수많은 시선이 느껴졌다.

"아……."

형운의 얼굴이 새빨개졌다. 다들 놀란 눈으로 자신을 바라보고 있었기 때문이다. 심지어 황제는 무슨 신기한 동물을 보는 듯한 표정을 짓고 있었다.

"짐이 살면서 많은 사람을 보아왔는데……."

이윽고 황제가 입을 열었다.

"…음식을 이렇게 맛있게 먹는 사람은 처음 보는군?"

서하령이 제지하는 게 한발 늦은 것에는 다 이유가 있었다. 정신줄을 놓은 형운이 실로 질풍노도 같은 기세로 음식들을 휩쓸었기 때문이다.

그 순간, 형운의 움직임은 진정한 무심(無心)의 경지에 도달해 있었다.

어떤 잡념도 없이 음식에 집중하며 그동안 수련해 온 무공을 극한까지 발휘하여 일체의 군더더기 없는 동작으로 음식을 가져오고, 껍질을 벗기고, 살을 발라내고, 입으로 가져간다. 그렇게나 빠른데도 전혀 흘리거나 상차림을 흐트러뜨리지 않는다. 그리고 마침내 입으로 가져가 씹는 순간에는 세상에 어쩌면 사람이 저리도 행복해하는 표정을 지을 수 있는 건지 의심스러울 정도로 반짝반짝 빛나고 있었다.

'아, 나까지 잠시 넋을 잃었어.'

서하령은 물론이고 무림의 내로라하는 고수들까지 어이가 없어서 멍청하니 바라보게 만들 정도였다.

얼굴이 새빨개져서 고개를 숙인 형운을 재미있다는 듯이 보던 황제가 귀혁에게 물었다.

"영성, 자네의 제자는 무척 재미있는 아이로군! 짐 앞에서 이리도 흥미로운 모습을 보여준 이는 처음이야."

"송구하옵니다."

"송구할 거야 없다. 그런데 자네의 제자면 제법 잘 먹고 살지 않았나? 황실의 요리가 맛있다고 하나 반응이 정말 멋지군. 요리사에게 보여주고 싶을 정도야."

"무공 수련의 일환으로 식사를 제한하고 있는 터라……."

"하하하. 그래서인가? 하지만 그것만은 아닌 듯한데… 그 이야기는 나중에 듣도록 하지. 형운이라 했느냐?"

"그, 그렇습니다."

"눈치 볼 필요 없으니 마음껏 먹거라. 늘 맛있는 요리를 눈앞에 두고도 깨작거리는 양반들만 보다 보니 짐도 입맛이 떨어졌는데 모처럼 즐거운 모습을 보았다."
"황송하옵니다."
형운은 부끄러움에 얼굴이 뜨거워서 폭발할 것 같았다. 이게 무슨 창피람? 슬쩍 귀혁의 눈치를 보니 그는 참 난감해하는 웃음을 짓고 있었다.
옆에서 서하령이 눈을 흘기면서 속삭였다.
"걸신 났네, 걸신 났어."
"……."
형운은 입이 열 개라도 할 말이 없었다.

7

식사를 마치고 나자 황제가 말했다.
"자, 그럼 이야기를 나눠보지. 그대들 중 마교와 직접적인 충돌을 겪은 것은 영성과 선검 둘뿐인가?"
"그렇사옵니다."
흑영신교와 광세천교, 2대 마교가 준동하였으나 그들과 직접적인 무력 충돌을 일으킨 것은 별의 수호자와 태극문뿐이다. 이자령의 백야문은 워낙 오지에 위치해 있어서 강호로 나오지 않는 한 그들과 부딪칠 일이 없고, 조검문은 지방 명문인데 아직까지 호장성 부근에서는 마교의 움직임이 포착되지 않았다.

황제가 물었다.

"선검이 먼저 이야기해 보아라. 광세천교의 새로운 칠왕과 격돌했다고 들었다만."

"그렇습니다. 스스로 칠왕이라 칭하는 두 명의 검객이었는데 둘 다 상당한 고수였습니다."

선검 기영준은 도사이면서도 상당히 활발하게 강호를 돌아다니는 편이다. 각지에서 요괴와 마수를 퇴치하고 사람들을 구원해 온 실적이 있었기에 팔객의 일원으로 이름난 것이다.

그는 태극문의 본산이 위치한 영운성을 가로지르는 자운강에 출몰하는 수적들의 횡포가 도를 지나쳤다는 이야기에 강호행에 나섰다가 그 배후에 있던 광세천교의 무리들과 충돌했다.

"유감스럽게도 그 둘은 놓쳤습니다만."

새로운 칠왕은 둘 다 만만찮은 고수였다. 하나하나의 기량을 놓고 보면 기영준에게 미치지 못하나 둘이 합공하니 도망치는 것을 막을 수 없었다.

황제가 말했다.

"보고서를 보았는데 확실히 짐의 무장들 역시 그들이 대단히 위험하다 평하더군. 그렇게나 열심히 밟아놓았는데도 불과 20여 년 만에 그 정도로 전력을 회복하다니, 마교들의 저력이 잡초보다 더하도다."

20여 년 전, 광세천교를 토벌할 때도 황실이 관여하고 있었다. 흑영신교처럼 광세천교 역시 운룡족이 움직여야만 하는 사안을 만들었기 때문에 모르고 지나갈 수가 없었다.

황제가 말했다.

"신경 쓰이는 점은, 서로 원수처럼 다투던 두 마교가 성해에서 난동을 부린 건에 대해서는 마치 연합한 것처럼 보인다는 점이다. 영성은 그 점을 어찌 보는가?"

"폐하께서 통찰하신 바에 동의합니다. 저희 별의 수호자 역시 그 점을 우려하고 있습니다."

두 마교는 각각을 떼어놓고 봐도 위험하기 짝이 없는 놈들이었다. 그런데 이 둘이 힘을 합친다면?

"3대 마교이던 시절만큼이나 위험해질 수도 있겠지."

원래 대륙에 천 년의 역사를 가진 마교는 둘이 아니라 셋이었다. 그중 하나가 50년 전에 멸망해서 둘만 남았을 뿐이다.

황제가 물었다.

"그대가 본 흑영신교의 팔대호법은 어땠는가?"

"이전의 팔대호법에 비해 현저히 기량이 떨어졌습니다. 게다가 주제를 모르더군요."

"듣기 좋은 정보로군. 그들 중 둘이 죽었으니 광세천교에 비해 흑영신교의 전력이 더 약세라고 평해도 되겠는가?"

"그렇게 단정 짓기에는 아직 정보가 부족하다고 생각하옵니다."

"역시 그러한가."

황제가 쓴웃음을 지었다.

모인 이들을 상대로 좀 더 마교에 대한 이야기를 나누던 황제는 대충 이야기가 정리되는 듯하자 말했다.

"그럼 사특한 것들에 대한 이야기는 이 정도로 해두고… 모처럼 이렇게 모였는데 짐을 즐겁게 해주지 않겠나?"

"무엇을 바라시나이까?"

"성운의 기재라 불리는 아이들의 기량을 이 눈으로 보고 싶도다. 사실 그대들을 미리 부른 이유가 그것이기도 하고."

성운의 기재들은 50여 년에 한 번씩 태어난다. 그렇기에 황제는 성운의 기재들을 직접 본 적이 없었다. 이존이라 불리는 무상검존 나윤극과 환예마존 이현을 본 적은 있으나, 그들은 무수한 풍운을 이겨내고 완성된 이들이라 대단하다는 건 알겠으나 무엇이 그들을 특별하게 만들었는지는 실감하지 못했다.

그러니 황제가 그 능력이 깨어난 지 얼마 안 되는 성운의 기재들에게 흥미를 갖는 건 당연한 일이다. 황족 중에서는 단

한 번도 태어난 적이 없는, 그 존재가 강호에 풍운을 가져오고 역사에 이름을 남길 잠재력을 가졌다는 천명을 가진 아이들이 아닌가?

황제가 말했다.

"짐을 상대로 그 기량을 발휘해 보도록 하라."

"…폐하?"

다들 놀라서 황제를 바라보았다.

그러자 황제가 피식 웃었다.

"농담이다. 그러고 싶은 마음은 굴뚝같지만 길길이 날뛸 사람이 한둘이 아니로군."

당장 운검위와 따르던 시종이 무서운 눈길을 보내고 있었다. 그 시선을 무시하면서 황제가 말했다.

"어른들이 나서면 재미가 없을 것이니 아이들끼리 대련을 해보도록 하지. 짐을 즐겁게 한다면 상을 내리겠노라."

황제가 직접 내린 명이다. 목숨을 위협하는 것도, 명예를 더럽히는 것도 아닌데 감히 그 명을 거역할 수 있을 리가 없었다.

8

별의 수호자의 장로 이정운의 손녀 서하령.

조검문의 장로 우격검 진규의 제자 천유하.

태극문의 장로 선검 기영준의 제자 가신우.

백야문의 문주 설산검후 이자령의 제자 진예.

이 자리에 모인 성운의 기재들의 면면들이다.

"강호에 이름난 성운의 기재 여덟 중 넷이 우리 하운국에 있으며 그들이 여기에 모여 있다니 짐의 마음이 흡족하도다."

현재까지 강호에 알려진 현세대 성운의 기재는 여덟 명이었다. 이 자리에 없는 네 명은 다음과 같다.

위진국의 장군이며 팔객의 일원인 폭성검 백리검운의 제자 사검우.

위진국의 동쪽 바다에 군림하는 청해용왕대의 두령 진본해의 제자 양진아.

풍령국의 무상검존 나윤극의 세 번째 제자, 봉연후가 제자로 삼은 위해극.

암야살에 자혼이 데려간 성운의 기재 허용빈.

이들 말고 다른 성운의 기재가 있는지는 알 수 없다. 하지만 여덟이면 한 세대에 태어나는 이들의 수로는 많아서 더 이

상은 없으리라 여겨지고 있었다.

여덟 명이 모두 중원삼국에서 태어난 것은 이상하지 않다. 애당초 중원삼국이 대륙의 대부분을 차지하고 있는 게 사실이며, 역대 성운의 기재들도 중원삼국 바깥에서 태어난 게 확인된 경우가 드물었다.

하지만 그중에 넷이 하운국 출신이라는 것은 확실히 눈여겨볼 만한 일이다.

잠자코 있던 이자령이 물었다.

"폐하, 어떤 아이들끼리 겨루게 할 생각이십니까?"

"흥미롭게도 성비가 딱 맞는군."

이곳에 모인 성운의 기재 네 명은 남자 둘, 여자 둘이다. 황제는 별로 고민하지 않고 결정을 내렸다.

"소년은 소년끼리, 소녀는 소녀끼리 기량을 겨루어보는 것이 좋지 않겠느냐?"

"명대로 따르겠습니다."

이자령이 귀혁을 보며 차갑게 웃었다. 비록 귀혁의 제자는 아니라 하나 그와 관계가 있음이 분명한 서하령과 자신의 제자가 겨룬다는 사실이 마음에 들었기 때문이다.

황제가 말했다.

"기재들을 위해 무대를 마련하거라."

"예."

대답하며 나선 것은 얼굴을 천으로 거린 기환술사들이었다. 조금 전까지만 해도 위사들로밖에 보이지 않았던 그들인데, 황제의 말에 대답하며 나서는 순간 모습이 바뀌었다. 복장은 위사의 갑옷에서 헐렁한 장삼으로, 그리고 체격도 각자의 것으로.

형운이 놀랐다.

'와, 기환술사들은 저런 식으로 변장도 할 수 있구나.'

형운이 내공 수위에 비해 기감이 둔감한 편이긴 하지만 그래도 전혀 눈치채지 못했다는 것은 그만큼 교묘하게 변장하고 있었다는 이야기다. 과연 황제를 지키는 이들다웠다.

그들이 양손을 맞잡고 주술적인 손 모양을 취한 채 알아듣기 어려운 주문을 중얼거리자 정원 한가운데 새하얀 안개가 피어오르기 시작했다. 그러더니 주변 경관이 급격하게 변한다.

'기환진!'

이곳에 미리 설치해 두었던 기환진이 가동하고 있었다. 삽시간에 아름답게 조경된 정원 풍경이 지워지면서 새하얀 안개로 둘러싸인, 끝을 알 수 없고 경계도 보이지 않는 공허한 풍경이 그 자리를 대신한다.

그리고 조금 떨어진 곳에 옅은 안개로 이루어진 둥근 무대가 마련되었다.

'공간을 바꿔치기했구나.'

형운은 기환술을 직접 배우지는 않았지만, 기환술에 대처하기 위해서 많은 지식을 익히고 있었다. 그래서 지금 일어난 현상이 기환진으로 현계에 영향을 미치지 않는 별개의 공간을 만들어서 자리를 뒤바꾸었다는 사실을 알아차렸다.

'이거 엄청 고등한 술법일 텐데 의외로 쉽게 하네? 원래 여기 설치된 걸 가동만 시킨 건가?'

형운이 그런 의문을 품을 때, 황제가 말했다.

"무대가 마련되었으니 어디 한번 기량을 보여 보아라. 안에서 아무리 힘을 써도 밖으로는 충격이 전해지지 않을 테니 마음껏 실력을 발휘하도록. 누가 먼저 하겠느냐?"

"제가 먼저 하겠습니다."

자신만만하게 대답하며 나선 것은 가신우였다. 그가 황제에게 예를 표하고는 훌쩍 뛰어서 안개의 무대 한가운데 선다.

그 뒤를 따르는 천유하에게 형운이 전음을 보냈다.

―이겨라.

그 말에 천유하가 형운을 돌아보더니 씩 웃는다. 여기 온 뒤로 한마디도 나누지 못했지만 반가움이 담긴 웃음이었다.

가신우와 마주선 천유하가 말했다.

"조검문 소속, 우격검 진규의 제자 천유하입니다. 한 수 가르침을 청합니다."

"태극문 소속, 선검 기영준의 제자 가신우다. 와라."

예의를 차려 말했더니 진짜 한 수 가르쳐 주겠다는 듯 격식을 생략한 대답이 날아온다. 천유하의 눈썹이 꿈틀거렸다.

'이놈이? 도사가 될 놈이 오만하군.'

타고난 성품이 정중하긴 하나 천유하도 속으로는 천하에 자기보다 잘난 놈을 찾기 어렵다고 생각하며 살아온 몸이다. 같은 나이고 같은 성운의 기재인데 저리도 오만한 모습을 보이니 불쾌했다.

"무공은 배웠지만 예의는 배우지 못했나 보군."

"너 따위가 참견할 일은 아니다만. 어서 오기나 하시지? 어디 소성검의 명성이 허명인지 아닌지 내가 시험해 주마."

"시험이라."

노골적인 도발에 천유하가 헛웃음을 흘렸다. 그 직후 섬광이 터졌다.

차앙!

눈부신 발검, 그리고 상대가 호흡을 내쉬는 순간을 절묘하게 포착해서 최단거리로 뛰어들면서 내지른 일검이다. 웬만한 상대였다면 뭐가 뭔지도 모르고 패했을 것이다.

하지만 가신우는 그럴 줄 알았다는 듯 검집을 들어 그것을 막았다. 그리고 웃는다.

"예의 운운한 것치고는 이것도 별로 예의 바른 행동은 아닌 것 같은데?"

"그렇군. 미안하다, 됐나?"

"호오."

천유하가 책을 읽듯이 성의 없게 사과하자 가신우의 눈썹이 꿈틀거린다. 그가 발차기로 천유하를 떼어내고는 검을 빼 들었다.

동시에 그의 몸에서 독특한 기파가 흘러나온다. 자신의 기파를 흩어뜨리며 영역을 구축하는 그 기파를 천유하의 눈빛이 변했다.

'저게 선기(仙氣)로군.'

자연의 이치를 깨달아 선계에 오르는 것을 목적으로 하는 도가(道家)의 무공은 사악한 힘의 천적으로 불리는 정화의 기운을 발한다. 그 기운이 바로 선기였다.

이런 설명만 보면 그것이 아주 선하고 좋기만 한 기운인 것 같지만, 무인 입장에서는 그렇지도 않다. 도가 무공은 육체를 강화하는 것에 앞서 영적인 힘을 일깨우는 것을 우선시하는데, 그 결과로 얻게 되는 선기는 자연계의 온갖 기운을 본래의 형태로 되돌리는 성질을 가졌다.

즉, 무인들이 개개인의 특성을 담아 발전시켜 온 기파도 중화시키는 힘이 있는 것이다.

그래서 도가 무공은 단순히 거기 실린 기운의 양만으로 그 위력을 판단해서는 안 된다고 알려져 있었다. 그리고 태극문은 대륙에 존재하는 도가 문파들의 정점에 선 명문대파다.

'도가 무공을 상대해 보는 건 처음인데, 어디…….'

천유하는 일단 탐색전을 펼쳐보기로 했다. 느릿느릿한 발걸음으로 원을 그리면서 가신우에게 접근해 간다.

그러자 가신우가 움직였다. 아주 평범하게 한 걸음을 내딛는 것 같은데, 뒷발에 살짝 탄력을 주면서 초저공으로 뛰어서 거리가 확 줄어든다.

채채채채챙!

둘이 서로 원을 그리면서 검격을 맞부딪쳤다. 순식간에 열 합 이상을 나누고 나니 가신우가 조금 놀랐다.

'이 녀석이?'

똑같이 호흡의 틈새를 찌르는 것을 가볍게 막아낸 것은 물론, 후속타에 제법 위력을 실었는데 조금도 흔들리지 않는다. 지금까지 비슷한 연령대에서 자신의 검 앞에 다섯 합을 버티는 상대를 보지 못했거늘, 천유하는 확실히 쉽게 볼 상대가 아니었다.

'과연 나랑 같은 성운의 기재라 이거지?'

가신우는 스스로의 재능이 하늘이 내렸음을 확신한다.

어렸을 때는 동네의 검술도장에 다녔다. 제대로 된 무공은 아니었지만 몇 달 동안 다니고 나니 감히 가신우의 상대가 되는 아이들이 없었다. 동년배는 물론이고 몇 살이나 많은 녀석들도 마찬가지였다.

그 재능을 눈여겨본 부모는 지역에서 제법 이름난 도가의 무인을 초빙해서 무공을 가르쳤다. 그로써 가신우는 무공에 입문했으며 빠르게 실력이 늘었다.

그러다가 성운의 기재로서 지녔던 재능이 개화하고 나니 스승이 감당할 수 없을 정도로 빠르게 기량이 늘었다. 그를 가르치던 선생은 자기가 익힌 무공의 본산지인 태극문에 그 사실을 알렸고, 장로들 중에 영감이 뛰어난 도사들의 조언에 따라 선검 기영준이 가신우를 보러 왔다. 그리고 그 재능을 확인하고 제자로 삼았다.

태극문에 갔을 때는 기영준의 제자라는 입장상 모두가 그를 공경했다. 하지만 겉으로는 그럴지언정 원래부터 태극문의 제자였던 이들은 굴러온 돌이나 마찬가지인 가신우를 달가워하지 않았다.

하지만 그것도 3년이 지나자 무의미해졌다. 그가 동년배는 물론이고 이십 대의 제자들 중에서도 겨룰 이를 찾기 어려울 정도로 강해졌기 때문이다.

태극문의 무공을 접한 가신우는 물을 만난 고기처럼 활기가 넘쳤다. 강호십대문파라 불리는 태극문의 무공은 유구한 역사와 전통을 가졌으며, 수많은 인물이 자신의 심득을 더해

왔기에 그 양도, 깊이도 어마어마했다. 가신우는 그전에 익히던 무공과는 차원이 다른 그 무공에 반해서 물을 빨아들이는 솜처럼 기량을 높여갔다.

아무리 다른 성운의 기재들이 자신과 비슷한 재능을 가졌어도 태극문의 탁월한 무공과 기영준이라는 대단한 스승을 가진 자신을 능가할 수 있을 리가 없다. 가신우는 그런 확신을 갖고 이 자리에 섰다.

"제법이군."

가신우가 천유하를 보며 웃었다. 완전히 하수를 내려다보는 듯한 눈길이었다.

"나랑 이 정도로 맞설 수 있는 녀석은 처음 본다. 과연 나와 같은 성운의 기재라고 불릴 만해."

"그래? 여태 적수를 만난 적이 없나 보지?"

"물론이지. 너도 마찬가지겠지?"

"견문이 좁군. 고작 이 정도 실력으로 적수를 못 만나다니… 우물 안 개구리였던 모양이야."

"뭐라고?"

천유하의 담담한 비아냥거림에 가신우가 발끈했다. 지금까지 누구도 그의 앞에서 당당하게 비아냥거리지 못했다. 언제나 남을 짓밟고 비아냥거리기만 하다가 오히려 당하니 신선한 감동이 불꽃처럼 타올랐다.

"흥, 언제까지 그렇게 떠들어댈 수 있는지 보자. 탐색전은 이만 해두고 진짜 실력을 보여주지."

"어디선가 들었던 말이군."

"뭐?"

"세상 무서운 줄 몰라서 남을 깔아보는 녀석들이 하는 대사는 다 비슷비슷한 것 모양이야."

"하! 이 녀석!"

가신우가 더 참지 못하고 공격해 들어갔다. 조금 전까지와는 완전히 다른 속도였다.

9

쉬쉬쉬쉬쉬!

원을 그리다가 직선에 가까운 곡선으로, 그리고 다시 원으로 변하는 변화무쌍한 검술이었다. 언뜻 보면 검이 그려내는 궤적이 단순해 보이지만 그렇게 생각했다면 이미 태극검(太極劍)의 묘리에 현혹된 것이다. 그것은 단순한 원으로 보이지만 실은 전후를 오가는 입체, 즉 나선이며 그 속에 강함과 부드러움이 공존하여 거리감을 빼앗기 때문이다.

태극검은 일격필살을 추구하지 않는다. 조화로운 원으로 상대를 감싸 그 속에 녹여 버린다.

그 속에서 천유하의 검세가 눈에 띄게 어지러워졌다. 태극검의 현묘함에 조금씩 감각이 흐트러지는 것이다.

가신우가 웃었다.

"잘도 버티는군!"

"……."

"내가 진심으로 하는데도 30합을 넘게 버티다니, 대단해. 확실히 성운의 기재라 불릴 만하다. 하지만……."

여유만만하게 떠들어대는 가신우에 비해 천유하는 검격을 방어하는 데만도 필사적으로 보였다. 가신우가 말했다.

"촌구석의 별 볼 일 없는 문파에 몸담은 것을 한탄해라! 하늘이 네게 재능은 주었으나 천명을 주지 않았……!"

쾅!

순간 폭음이 울려 퍼지며 가신우의 말이 끊겼다. 그의 몸이 5장(약 15미터) 밖까지 날아가서 겨우 균형을 잡고 섰다.

"흠."

일순간에 가신우를 날려 버린 천유하가 말했다.

"뇌격세(雷擊勢)."

그것이 가신우를 단번에 날려 버린 절초였다.

"비무의 예의도 모르는 녀석이군. 게다가 쫑알쫑알 시끄럽고."

"큭, 이 자식… 실력을 감추고 있었나?"

"넌 탐색전을 끝내겠다고 했지만 난 동의한 적이 없어. 그리고……."

천유하가 얼음장처럼 차가운 눈으로 가신우를 쏘아보았다.

"알량한 실력에 저열한 입담으로 네 문파의 명예를 실추시키는구나. 나는 태극문은 유구한 역사와 전통을 가진 명문이며 존경할 만한 협객들이 모인 곳이라고 알고 흠모해 왔거늘, 너 같은 놈을 보니 불쾌해. 듣자듣자 하니까 오만방자하기가 하늘을 찌르는군. 조막만 한 머리로 논할 만큼 천명이 만만한가?"

"나를 조롱해?"

열 받은 가신우가 다시 뛰어들었다. 질풍 같은 검격이 쏟아진다. 허에서 실로, 실에서 허로 변화무쌍하게 감각을 유린하며 조화로운 원 위에서 강맹함과 부드러움이 공존하는 현묘한 검술이다.

하지만 천유하는 한 발짝도 물러나지 않고 그 변화를 감당해냈다. 그리고…….

쾅!

"커헉!"

폭음이 울리며 가신우가 날아가 버렸다.

천유하가 천천히 앞으로 걸어오며 말했다.

"과연 현묘한 검술이군. 뿌리 깊은 거목처럼 중심이 단단하고, 일견 단순해 보이나 그 안에 심오한 변화의 묘리가 숨어 있어. 그러나……."

천유하는 쓴웃음을 지었다.

"그것을 쓰는 네가 미숙하다."

"뭐라고……?"

"마치 작년의 나를 보는 기분이군."

태극문의 무공은 그야말로 신공절학이다. 하지만 가신우는 그 깊이를 모르고 넘치는 재능으로 형태를 익히는 데 급급했다. 자신의 뿌리를 확실히 하지 않은 채 태극문의 방대한 무공을 이것저것 잡다하게 익히기만 한 것이다.

물론 성운의 기재쯤 되면 그것만으로도 적수를 찾기 힘들다. 강건한 신체와 넘치는 정기, 그리고 그것을 활용하는 천부적인 감각을 두루 갖췄으니까.

그러나… 이번에는 상대가 나빴다.

천유하가 공격해 들어갔다. 전광석화 같은 움직임이었다.

챙!

아까와 달리 단 한 합을 부딪쳤을 뿐인데 가신우가 비틀거리며 밀려난다.

'수련이 얕다.'

별의 수호자 총단에 다녀온 후, 천유하는 조검문의 무공을 깊이 있게 익히는 데 총력을 기울였다.

성운의 기재인 그는 새로운 기술을 보면 빠르게 그 요체를 파악한다.

하지만 상승무공이라 불릴 만한 절기는 그것만으로는 익힐 수 없었다. 단순히 눈에 보이는 형태만이 아니라 명확한 철학을 바탕으로 내실을 쌓아올리고 거기서 가지를 친 결과물이기 때문이다.

그 사실을 모르는 채 천유하는 그저 기술의 껍데기만을 훔쳐왔고, 그것이 자신의 뿌리와 연결되지 않았기에 따로따로 놀아서 진정한 위력이 나오지 않았다. 서하령을 통해서 그것을 뼈저리게 배웠다.

그렇기에 조검문의 무공을 완벽하게 익히고자 노력했다. 그렇다고 자신이 학습해 온 다른 기술들을 잊고자 하지는 않았다. 그것들의 장점마저도 조검문의 무공 속에 녹이고자 절치부심해 왔다.

무공은 대를 이어가면서 발전한다.

명문이라 불리는 문파의 강점은 거기에 있다. 수많은 이가 대를 거쳐 가면서 보완하고 강화한 것이 현재의 무공이다.

천유하는 스스로에게 조검문의 무공을 더욱 드높일 잠재력이 있음을 믿었다. 그렇기에 깊이를 추구하면서 동시에 보다 나은 형태를 모색했다.

가신우가 이를 악물었다.

"방심했을 뿐이다. 잠깐 우세를 점했다고 기고만장해서는!"

"안목조차 형편없을 줄은 몰랐군."

쾅!

재차 폭음이 울리며 가신우가 나가떨어졌다. 그리고 격돌의 자리에서 광풍이 일어나 가신우를 덮쳤다.

후우우우우우우!

'내공이 얕다.'

일월성단—태양을 먹어 소화시키고 그 후 다시 한 번 기연을 만나기까지 한 천유하의 내공은 5심. 강호를 다 뒤진다 해도 스무 살 이전에 이런 내공을 가진 자를 찾기 힘들다.

그에 비해 가신우의 내공은 아직 3심에 불과했다. 아무리 명문정파의 심오한 내공심법이라고 해도, 거기에 그 재능을 인정받아 비약까지 지급받았다고 하더라도 무공을 수련한 기간과 성장 속도는 비례하는 것이다.

"호풍세(呼風勢)."

거의 주저앉을 뻔한 가신우 앞에서 천유하가 무심하게 초식명을 읊었다. 철저하게 대련의 예의를 지키는 모습이다.

"으윽, 내가… 이럴 리가……."

가신우가 기혈이 진탕하는 고통에 몸을 떨었다.

피하고 치려고 해도 그럴 수가 없다. 천유하는 철저하게 방어할 수밖에 없는 지점을 치고 들어오는데다가, 그 공격은 비껴 흘릴 수도 없을 정도로 예리했기 때문이다. 그리고 일단 부딪치면 거기 실린 진기의 격차로 인해서 뼛속까지 충격이 스며든다.

동작 하나하나의 완성도를 결정하는 수련의 차이, 그리고 내공의 격차가 더해지자 가신우는 손도 발도 쓸 수가 없었다.

"이 자식……!"

가신우가 눈에 불을 켰을 때였다. 그 앞을 누군가가 가로막았다.

"여기까지. 자네의 승리다, 천유하."

그렇게 말한 것은 기영준이었다. 그가 두 소년 사이로 끼어들어서 대련의 종료를 선언한 것이다.

가신우가 믿을 수 없다는 듯 스승을 올려다보았다.

"스승님! 전… 아직……. 커억."

소리 지르려던 가신우가 괴로운 숨을 토했다. 기혈이 진탕해서 몸을 가누기도 힘든 상태였다. 이런 상태로 욱해서 힘을 발했다가는 큰 내상을 입는 수가 있었다. 그래서 기영준이 그를 가로막고 선 것이다.

그것을 보면서 형운은 귀혁의 말을 떠올렸다.

"내력은 기병의 말과도 같다."

자신의 뜻대로 통제될 때의 내력은 든든한 우군이다. 하지만 일단 통제가 흐트러지기 시작하면 날뛰는 말처럼 주인을 해할 수도 있었다.

그렇기에 무공을 익힌 이들은 항상 마음을 다스리고, 통제할 수 없는 힘을 경계해야 하는 것이다. 일반인과 달리 스스로의 힘으로 상처 입어 죽을 수도 있기 때문에.

기영준이 천유하에게 말했다.

"어린 나이에 놀라운 기량이로군. 감탄했네."

"감사합니다. 팔객의 일원이신 선검께서 그리 말씀해 주시니 부끄러울 뿐입니다."

"허허, 자네를 보니 내가 제자 교육을 제대로 못 시킨 것 같아 부끄러우이. 부디 이 애의 폭언을 용서해 주지 않겠나?"

"아직 미숙한 마음으로 내뱉은 말에 대협께서 사과하시는데 어찌 받아들이지 않겠습니까."

천유하의 말에 기영준은 고개를 끄덕이고는 손가락으로 가신우의 몸 몇 군데를 짚었다. 중요한 기혈들을 짚어서 날뛰는 기운을 안정시키는 점혈법이었다.

"으윽, 큭……."

그가 괴로워하는 가신우를 데리고 무대에서 나가자 황제

가 박수를 쳤다.

"훌륭하군! 도저히 어린 소년들이라고는 생각할 수 없을 정도야. 예령공주를 구했을 때 어리면서도 대단한 용맹과 실력이라고 생각했거늘, 짐이 들은 바가 실제의 그대보다 훨씬 못하구나. 크게 포상할 테니 기대해도 좋다."

"성은이 망극하옵니다."

천유하가 한쪽 무릎을 꿇고 예를 표했다. 황제는 흡족해하며 말했다.

"그럼 이제 아리따운 소녀들의 실력을 볼 차례로군."

10

귀혁이 형운에게 물었다.

"어찌 보았느냐?"

"…이놈이나 저놈이나 하는 짓들이 하나같이 흉내 낼 엄두도 안 나는 것뿐인데요?"

형운이 혀를 내둘렀다.

끝까지 다 보고 나니 천유하가 쉽게 이긴 것처럼 보인다. 하지만 가신우가 워낙 오만방자하고 상대를 낮춰 봐서 그렇지, 그의 기술 자체는 대단했다. 처음에 태극검이 펼쳐져서 거기에 휘말렸을 때, 천유하는 분명 검세가 흐트러지면서 위기에 몰렸다. 필사적으로 중심을 지키면서 가신우의 허점을 찾아냈을 뿐.

짧은 시간 동안 두 소년이 보여준 기술은 형운으로서는 도저히 흉내도 낼 수 없을 정도로 현란했다. 강호의 무인들 중 두 소년의 경지를 보고 미숙하다 치부할 수 있는 이는 정말 얼마 안 될 것이다.

귀혁이 물었다.

"너와 싸우면 어떻게 될 것 같으냐?"

"글쎄요? 가신우라는 녀석은 어떻게 될 것 같아요."

"호오, 자신이 넘치는구나?"

"한 시진(두 시간)쯤 싸워야 할 것 같지만."

"난 또 내 제자가 주제 파악을 게을리하나 싶어서 놀랐다."

귀혁이 실소를 흘렸다.

형운은 다른 건 몰라도 감극도로 인한 방어력만은 어디 내놔도 빠지지 않는다. 그리고 내공 면에서는 이 자리에 있는 소년 소녀들을 압도하니 수세를 고수하며 장기전으로 가면 확실히 승산이 있으리라.

'천유하는 좀 자신 없네…….'

형운 입장에서 가신우의 무공은 옷을 쉬지 않고 적셔서 마침내 물에 빠진 것과 같은 꼴로 만들어버리는 가랑비와 같았다. 그런 무공을 상대로 감극도는 무적에 가깝다.

하지만 천유하는 선이 굵고 일격 일격이 확실하다. 연타를 잇기보다는 자신이 원하는 순간, 원하는 지점에 소름 끼치도록 강맹하면서도 정밀한 일격을 날린다. 상대가 방어를 하든 말든 약한 부분을 찾아서 쳐부수는 천유하의 무공은 감극도로 상대하기 까다로운 형태다.

'근데 저놈은 언제 또 내공이 저렇게 늘었어?'

일월성단－태양을 먹고 소화시킨 건 그렇다 치고 그새 또 어디서 뭘 주워 먹었단 말인가? 일월성단 안 먹고 왔으면 얼굴도 못 들고 다닐 뻔했다.

형운이 못마땅한 표정을 짓는데 서하령과 진예가 서로를 바라보며 안개의 무대에 올랐다.

서하령이 말했다.

"별의 수호자의 서하령입니다. 스승과 무맥은 없습니다. 한 수 부탁드릴게요."

"음? 스승이 없다?"

황제가 의아해하며 귀혁을 바라보았다.

"어찌 된 일인가?"

"하령이는 스승이 없이 독학으로 무공을 익혔습니다. 저를 비롯해서 몇몇 사람이 심심풀이로 몇 수 가르쳐 주기는 했으나, 정식으로 사제 관계를 맺고 지도한 적은 없지요."

"허어, 그럼 짐이 실수했군. 너무 불공평한 대련이 되지 않겠는가?"

"괜찮을 겁니다."

귀혁의 말에 이자령의 눈썹이 치켜 올라갔다.

"내 제자를 무시하는 것인가?"

"그런 마음은 추호도 없다."

"그런데 정식으로 무공을 가르쳐 준 스승도 없는 아이를 내 제자와 붙여보겠다?"

"어차피 아이들의 대련이지 않은가? 그리고 하령이의 실력이 어떤지는 직접 보도록 하게."

"여전히 오만하기 짝이 없군."

이자령이 귀혁을 노려보는 가운데, 진예가 검을 뽑아 들며 자신을 소개했다.

"백야문 소속, 설산검후 이자령의 제자 진예입니다. 잘 부탁합니다."

동시에 그녀를 중심으로 주변 기온이 급속도로 하강했다.

"호오."

그것을 본 귀혁의 눈이 이채를 띠었다.

"벌써 내공이 저 정도라니… 과연 검후의 제자답군?"

"뭘 아는 듯이 떠들어대는 것이지?"

"저 아이의 내공이 5심을 넘었다는 걸 알아봤을 뿐이다만."

귀혁의 무심한 대답에 다른 이들이 다들 놀랐다. 황제가 물었다.

"저 나이에 내공이 그 정도란 말인가? 도대체 어떤 기연을 만났기에……."

진예의 나이는 형운과 같은 열여섯 살이다. 저 나이의 소녀가 5심의 내공을 갖는 것은 비약을 많이 먹는다고 해서 되는 게 아니다. 육체가 많은 내력을 담아둘 수 있는 크고 튼튼한 그릇이어야 하며, 다섯 개의 기심이 완성될 때까지 그만한 기운이 몸 밖으로 빠져나가지 않도록 제어할 수 있는 능력도 있어야 한다.

귀혁이 말했다.

"꼭 기연이 있어야만 가능한 일은 아니지요."

의미심장한 미소를 짓는 그를 이자령이 험악하게 쏘아보았다.

그러는 동안 마치 한겨울처럼 추워진 공간 속에서 진예가 물었다.

"무기는 안 쓰시는지요?"

진예가 이자령의 제자답게 검을 쓰는 데 비해 서하령은 적수공권이었다.

고수들끼리의 싸움이라면 검사와 권사의 싸움이 큰 문제가 되지 않는다. 권사로 고수라 불릴 정도면 이미 무기가 없는 불리함을 초월하기 때문이다.

하지만 아직 미숙한 아이들끼리의 싸움이라면 무기의 유무는 큰 문제가 된다. 그래서 서하령도 준비를 해왔다.

"익힌 것이 무기를 들지 않고 싸우는 법이라 이대로 하겠습니다."

그렇게 말하는 서하령은 팔꿈치까지 가리는, 붉은 가죽 위에 불그스름한 금속판들을 덧댄 권갑을 차고 있었다. 별의 수호자의 장인들이 특별히 제작한 물건이었다.

진예가 말했다.

"알겠습니다. 그럼 공격하겠습니다. 제가 미숙하니 부디 조심하세요."

표정이 무심해서 진심인지 아닌지 알 수가 없다. 그녀가 한 박자 늦게 검을 내질렀다.

동시에 그녀의 모습이 확 가까워져왔다.

후아아아아아!

설풍(雪風)이 휘몰아쳤다.

검을 내지르는 것과 동시에 5장(약 15미터)의 거리를 좁히는 것은 물론, 그 궤적을 따라서 공기 중의 수분이 급격하게 얼어붙으면서 눈가루가 휘날린다.

하지만 공격이 명중하지는 않았다. 서하령이 마치 언제 어디로 공격이 올지 예측한 것처럼 슬쩍 한 걸음 물러나서 피한 것이다.

'장기전은 안 되겠어.'

서하령은 자기를 10장 가까이 지나쳐 가서야 멈춘 진예를 보며 상황을 판단했다.

대영수의 혈통을 이어받은 혼혈 제1세대인 그녀는 내공 수위에 비해 탁월한 육체 능력을 가졌다. 하지만 영수의 피를 일깨우지 않는 한 무공을 쓰는 데 있어 내공의 제약이 따라오는 건 어쩔 수 없었다.

"다시 갑니다."

진예가 정중하게 경고해 주고는 다시 뛰어든다. 뛰어드는 속도가 너무 빨라서 한 발 내딛는다고 생각하는 순간 갑자기 확 커진 모습이 시야를 점령한다.

하지만 서하령은 조금도 놀라지 않고 그것을 피했다. 그녀는 진예가 공격을 가해오기까지의 과정, 자세를 살짝 바꾸고, 힘을 모으고, 내력을 집중시켜서 증폭시키는 과정을 모두 읽어서 마치 미래를 아는 것처럼 피해내고 있었다.

그리고 곧바로 반격한다.

파악!

격타음이 울려 퍼지면서 서하령이 튕겨 나갔다.

'단단해!'

완벽한 반격을 넣었다. 고속으로 돌진해 오던 진예는 설령 방어한다고 해도 한 박자 늦었을 것이다.

그런데 그 방어동작에 실린 힘이 워낙 컸다. 주저 없이 앞으로 더 가속하면서 어깨를 틀어 막는·것으로 서하령의 공격을 튕겨내 버렸다.

후우우우우!

설풍이 휘몰아친다.

단 두 번 공격을 가해온 것뿐인데 그 여파는 놀라웠다. 안개의 무대 위로 찬바람이 불기 시작한 것이다. 급격하게 차가워진 공기가 따뜻한 곳을 향해 움직이기 시작하고, 그것을 진예가 두 번의 움직임으로 휘저어놓고 나니 거센 바람으로 바뀌었다.

그 속에서 진예가 움직인다.

쉭! 쉬쉭! 쉬이이이이!

반격을 받아서일까? 공격 방식이 바뀌었다. 마치 전차로 돌격해 오는 것 같은 무거운 일격에서 빠르게 자리를 바꾸면서 가벼운 연타를 가해오는 것으로.

파파파파파!

파공음이 연달아 울려 퍼지면서 새하얀 서리가 흩날렸다. 진예가 크게 움직여 자리를 바꿀 때마다, 그리고 검을 휘두를 때마다 기온이 낮아지며 수분이 얼어붙고 있었다.

서하령이 정신없이 그녀의 공격을 피했다. 검격은 받아낼 수 있지만 폭발하는 한기 때문에 완전히 수세에 몰렸다.

게다가 반격도 여의치 않았다. 진예 역시 성운의 기재, 이쪽이 완벽하게 반격을 넣어도 번뜩이는 감각으로 대응해 내고 있었다.

'과연 성운의 기재.'

또래를 상대하면서 이 정도로 수세에 몰려본 적은 처음이다. 서하령은 진예의 기량에 감탄했다.

'무식한 듯 보이지만 합리적인 전법이야.'

단 한 수로 확신했다. 격투기술의 섬세함은 서하령이 진예보다 위다.

하지만 문제는 진예의 무공은 기술적 우위로 대적할 수 없는 종류라는 점이다. 특성이 강한 기파로 환경 그 자체를 바꿔 버리는데, 급변하는 환경에 대처하려면 그만한 내공이 필요했다.

'이거 형운이가 상대해야 할 유형인데.'

귀혁의 말대로라면 진예의 내공은 무려 5심, 그것도 그냥 5심이 아니다. 설산검후의 제자답게 내공심법이 심오해서 그런지 순간순간 환경을 변화시킬 때 발하는 힘이 가공했다.

'사람에게 직접 때려 넣을 수는 없는 종류의 것이겠지.'

서하령의 추측대로 백야문의 무공은 한기를 대하는 데 있어서는 단순한 내공 수위 이상의 힘을 발한다. 하지만 그것이 무공의 물리적 파괴력과 직결되지는 않았다.

진예가 성운의 기재이면서도 검술이 특출 나지 않은 것은 아마 수련 기간이 짧기 때문이리라. 단지 이자령의 제자로 들어간 지 3년밖에 안 됐다는 문제가 아니다.

'이런 무공은 쉽게 터득할 수 있는 게 아니야.'

아무리 내공심법부터 시작해서 모든 무공이 한기를 다루는 데 특화되어 있다고 하더라도 그것을 다루는 것이 쉽진 않을 것이다. 자신의 기운으로 자연현상을 조종할 수 있다는 것만으로도 극상승의 절기라 할 만하다.

아마도 진예는 검술보다도 기를 다루는 감각을 우선해서 수련해 왔으리라. 필연적으로 검술의 수련이 얕을 수밖에 없다.

후우우우우우!

바람이 점점 더 거세져서 이제는 눈보라처럼 변했다. 새하얀 서리들이 광풍을 따라 흩날리니 서하령은 눈을 뜨기조차 어려웠다.

그것을 보며 이자령이 말했다.

"스승도 없이 저 정도 경지에 올랐다니 놀랍기는 하나… 거기까지다."

휘몰아치는 눈보라 속에서 서하령의 몸 위로 살얼음이 얼어붙었다.

그에 비해 진예의 움직임은 더욱 활발해지고 있었다. 주변에 한기가 충만하면 충만할수록 백야문의 무공은 강해지는 것이다.

이자령이 말했다.

"사투였으면 벌써 끝났을 터. 슬슬 항복하는 게 좋을 텐데."

어디까지나 대련이기에 살수를 쓰지 않고 있는 것뿐이다. 만약 이게 실전이었다면 진예가 절초를 써서 끝장을 냈으리라.

그때 귀혁이 말했다.

"예나 지금이나 속단하는 버릇은 여전하군."

"뭐라고?"

"똑바로 보시게나. 하령이가 얼마나 무서운 아이인지 알 수 있을 테니."

"영수의 혈통으로 보이는데, 영수의 피를 일깨우면 해결될 거라고 생각하는가?"

"하령이는 그렇게 하지 않을 거다. 슬슬 알아차릴 때가 되지 않았나?"

귀혁이 피식 웃었다. 이자령이 불쾌해하며 다시 대련으로 눈을 돌렸다.

그리고 서서히… 그녀뿐만 아니라 모든 이가 귀혁의 말하고자 하는 바를 알 수 있었다.

"눈을… 감았어?"

서하령이 눈을 감고 있었다.

몰아치는 눈보라 때문에 눈을 뜨기가 어렵자 차라리 눈을 감아버린 것이다.

누가 봐도 미친 짓이다. 눈앞에서 검이 자신을 노리고 춤추는데 눈을 감고 대응하다니?

그런데 서하령의 동작은 전혀 정밀도가 떨어지지 않았다. 자신의 영역에서 닥쳐오는 모든 검격을 막아낸다.

"세상에, 저런……."

그 광경을 보는 천유하가 신음했다.

진예의 공격은 만만찮은 게 아니다. 검술의 수련이 좀 얕아 보인다고 했지만 그건 기술의 정밀도 면에서 그런 것이고 기세 면으로 보면 굉장하다. 마치 눈보라가 휘몰아치는 것처럼 거세면서도 변화무쌍한 공격이다.

그런데 서하령에게 농락당하고 있었다.

권갑에 의존해서 막아내는 것도 아니다. 처음에는 손등과 팔등을 굴리듯이 옆으로 걷어내더니 시간이 갈수록 정밀도가 높아진다. 나중에는 손끝으로 검면을 밀거나 튕기기까지 하면서 진예의 공세를 완전히 자기 통제 하에 두고 있었다.

"말도 안 돼……."

기영준의 도움으로 한바탕 내상을 다스리고 하고 깨어난 가신우가 경악했다.

천유하도, 가신우도 남들이 아무리 노력해도 안 될 것 같은 곡예에 가까운 재주를 실전에서 밥 먹듯이 부려왔다. 하지만 그런 두 사람도 서하령이 하는 짓은 도저히 흉내 낼 엄두가 나지 않았다.

서하령의 뇌리에 예전의 일이 스쳐 갔다.

"하령아, 네게 감극도를 가르쳐 줄 수는 없다."

"제가 아저씨 제자가 아니라서인가요?"

"그것도 이유 중에 하나지. 하지만 무엇보다 감극도는 무공이면서 무공이 아니기 때문이다."

"무공이 아니다?"

"너는 무공의 요체를 꿰뚫어 보는 눈을 가졌지. 하지만 감극도를 보고 그 요체를 알 수 있겠더냐?

"…아무리 봐도 모르겠어요."

"어떤 무공이든 그 기반이 되는 철학을 구현하기 위해 준비된 육체를 필요로 한다. 검술을 발휘하기 위해 검이 있어야 하고, 특정한 동작을 위해 어느 정도의 근력과 유연함, 순발력이 요구될 수 있지. 감극도는 그런 것이다."

감극도는 오로지 감극도를 펼칠 수 있는 몸을 만들어낸 자만이 얻을 수 있다. 그렇기에 성운의 기재인 서하령으로서도 그 요체를 얻을 수가 없는 절세의 무공이다.

그 사실을 알았을 때, 서하령은 진심으로 형운을 질투했다. 그녀는 다른 누구의 무공도 아닌 귀혁의 무공만을 원하건만, 그의 모든 진전을 얻을 수 있는 것은 자신이 아닌 형운뿐이었으니까.

"그러니 네게는 너만이 익힐 수 있는 무공을 주마."

"전… 귀혁 아저씨의 무공이 아니면 필요 없어요."

처음 무공을 익힌 것은 귀혁이 무인이기 때문이었다. 자신을 구원해 준 귀혁이 너무 좋아서 조금이라도 그와 닮고 싶었다. 그것이 그녀가 귀혁이 아닌 스승을 거부해 온 이유였다.

"이 또한 나의 무공이다. 왜냐하면 이것은 감극도의 원형이며, 내가 예전에 궁극을 추구했던 또 하나의 길이기 때문이다. 이젠 네가 나 대신 이 길의 끝까지 가거라."

감극도 이전에 감극을 좇는 무공들이 있었다.

인간의 감각이 아무리 발달해도 느끼고, 판단하고, 행하기까지의 간극을 없앨 수 없다. 무인들이 그것을 없애기 위해 끝없이 탐구를 행해온 것은 실로 당연한 일이다.

감극도는 거기에 대한 하나의 완성된 답이다. 하지만 세상의 모든 문제는 답이 하나만 있지는 않았다.

"머리로 생각하고, 몸으로 행하기 전에 기(氣)가 움직인다. 그것이 인간이 행하는 모든 행동을 보여준다."

세상 만물은 기(氣)로 이루어져 있다. 눈으로는 보고, 귀로는 듣고, 입으로는 맛보고, 코로는 냄새 맡아 인간이 할 수 있는 모든 방법으로 기를 안다. 그로써 기의 움직임을 통찰하면 그것은 미래를 보는 것과 같다.

인간이 오감보다 나중에 얻는 기감을 가장 우선시함으로써 모든 감각을 기감화하는 궁극의 기예, 천라무진경(天羅戊辰經).

"아!"

진예가 너무 놀란 나머지 신음했다.

눈을 감은 서하령이 날아드는 검날을 살짝 잡았다가 비틀면서 튕기는 것이 아닌가? 그 과정에서 흘려 넣은 기운이 진예의 기맥을 압박하다가 흩어진다.

'이런……!'

놀라서 말이 안 나올 지경이다. 눈을 감고 방어하는 것만으로도 놀라운데 한순간이나마 검날을 붙잡기까지 하다니?

하지만 백야문의 무공은 검술을 뿌리로 삼아 그것을 초월한 기예다. 인간은 검격을 막을 수 있을지언정 눈보라를 막을 수 없다.

'그녀에게는 한기를 물리칠 내공이 없어.'

진예는 그 사실을 확신했다. 그런 내공이 있었다면 검을 잡고 기운을 흘려 넣었을 때 진예는 타격을 입었으리라. 게다가 서하령의 동작이 갈수록 작아지고 있지 않은가?

그때 서하령이 다물고 있던 입을 열었다.

라아아아…….

격전을 벌이고 있는 상황과는 전혀 어울리지 않는 낮은 노랫소리였다. 한숨을 쉬듯이 흘려내는 아름다운 가락의 귓가에 파고든다.

아아아아아아……!

그것을 시작으로 서하령의 노랫소리가 커져간다. 가성으로 내는 듯한 음이 마치 여러 사람이 부르는 것처럼 시간 차를 두고 겹겹이 쌓이면서 청각을 엄습했다.

눈보라를 따라서 기세를 올리던 진예가 주춤했다.

'이건…….'

음공이었다. 한 사람이 부르는데도 겹겹이 쌓이는 그 소리가 점차 가속하던 기의 흐름을 흐트러뜨린다.

아주 작은 흐트러짐이었고 동작이 끊긴 것도 찰나였다.

하지만 그 찰나야말로 서하령이 절실하게 원하던 틈이었다.

'유성혼.'

서하령이 눈을 번쩍 뜨며 주먹을 날렸다. 새하얀 섬광이 터지면서 눈보라의 장막에 구멍이 뚫리고, 진예가 다급하게 검을 들어서 그것을 막아낸다.

촤아아아아!

서리가 겹겹이 쌓여 얼어붙었던 땅 위로 진예가 미끄러진다.

"으윽!"

갑자기 섬광이 터지는 바람이 시야가 마비되었다. 균형을 되찾은 진예가 서하령의 접근을 막기 위해 사방팔방으로 검을 휘둘렀다.

콰콰콰콰콰!

막대한 내공이 실린 검세가 주변에 광풍을 일으킨다.

그러나…….

"여기까지입니다."

유령처럼 진예의 뒤에 나타난 서하령이 검을 쥔 팔을 붙잡고 목에다가 반대쪽 손을 가져다댔다.

"……."

정적이 내려앉았다.

11

다들 귀신에 홀린 듯이 두 소녀를 바라보았다. 기영준이 신음처럼 중얼거렸다.

"정말로… 열여섯 살에 스승조차 없이 저 경지에 도달했단 말인가?"

가신우를 제자로 두었기에 성운의 기재가 얼마나 뛰어난 재목인지는 잘 알고 있다고 생각했다. 팔객의 일원으로 꼽히는 기영준이었지만 가신우의 재능은 정말 괴물 같았다.

그런데 하늘 밖에 하늘이 있다고 했던가?

가신우에게 승리한 천유하만으로도 놀라운데, 서하령은 정말 놀라 자빠질 것 같았다. 귀혁의 제자라고 해도 놀라울 지경이거늘, 특정한 스승도 두지 않고 독자적으로 저 경지에 올랐다니?

이자령이 중얼거렸다.

"귀혁……."

"음?"

귀혁이 돌아보자 그녀가 눈살을 찌푸렸다.

"예전의 당신을 보는 것 같군."

"그런가?"

"그래, 하지만 저 나이 때는 아니고 한 10년쯤 뒤? 당신은 처음 봤을 때부터 세상에서 자기가 제일 잘난 듯이 콧대 높아서 재수 없었지만 저 아이를 보니 참… 주제도 모르고 재수 없기만 했구나 싶군."

"……."

귀혁이 눈살을 찌푸렸다.

이자령이 말을 이었다.

"아마 나윤극조차도 저때는 저 경지에 이르지 못했을 것이야."

이자령은 강호 최강이라 불리는 무상검존을 언급했다.

귀혁과 이자령은 비슷한 연배였고 둘 다 겉보기보다 나이가 많았다. 연배상으로 보면 전대 성운의 기재인 나윤극이 두 사람보다 어린 것이다. 그래서 둘 다 나윤극의 애송이 시절을 알고 있었다.

귀혁이 동의했다.

"아마 그렇겠지."

"후후, 그에게 보여주고 싶군."

"별로 놀라진 않을 게야."

"그의 제자가 성운의 기재를 거두었으니까 말인가?"

"아니."

"그럼?"

"나윤극과 동세대에 그보다 뛰어난 성취를 보였던 경쟁자들이 있었기 때문이지."

"그랬나?"

이자령이 놀랐다. 그건 그녀도 모르는 사실이었다.

"나윤극은 가장 뛰어난 성운의 기재가 아니다. 유일하게 살아남은 성운의 기재지."

전대 성운의 기재 중 살아남은 것은 오로지 나윤극 하나뿐. 나윤극보다 뛰어난 자들도 있었으나 결국 그 재능을 완전히 꽃피우지 못하고 사라졌으며 오로지 나윤극만이 전설적인 위업을 달성하며 지금의 자리에 올랐다.

이자령이 말했다.

"덕분에 내 제자가 좋은 경험을 했군."

"좋은 경험인가?"

제자가 패배했는데도 이자령은 담담했다. 그녀가 말했다.

"저 아이는 몸을 쓰길 싫어해서 게으름을 많이 피우거든. 벌써 사형들 중에 저 아이보다 강한 녀석이 없어서 뭐라고 하기도 힘들고. 이젠 생각을 좀 고쳐먹었겠지."

"그거 예전의 당신이랑 똑같군. 당신도 나하고 붙은 후에야 생각을 고쳐먹지 않았던가?"

"그런 일 없었다."

이자령이 귀혁을 쏘아보며 부정했다. 하지만 귀혁은 옛일을 떠올리며 실실 웃고 있었다.

"예나 지금이나 재수 없는 작자다, 당신은."

이자령이 그렇게 쏘아주고는 풀이 죽은 진예에게로 가버렸다.

그때 황제가 탁자를 탁 쳤다.

"훌륭해! 정말 대단하구나! 서하령이라 했던가?"

"예, 폐하."

"그대, 황실에서 일해보지 않겠는가?"

그 말에 서하령이 놀라서 고개를 들었다. 황제는 진심이라는 듯 뜨거운 눈으로 서하령을 바라보고 있었다.

곧 놀람을 가라앉힌 서하령이 고개를 숙였다.

"황송하오나 폐하, 저는 오로지 제가 있는 곳에서만 추구할 수 있는 것을 원하옵니다."

"무공이라면 황실에도 온갖 절세의 무공이 있노라. 그대가 여성의 몸이라 하더라도 하늘이 내린 그 자질은 누구도 무시할 수 없을 터."

"폐하, 저는 무공을 바라지 않사옵니다."

"뭐라고?"

황제가 놀라서 눈을 크게 떴다.

서하령이 말했다.

"제가 추구하고자 하는 것은 조부께서 가신 길이옵니다."

"설마 연단술을 말하는 것이냐?"

"예, 폐하."

"허어."

황제가 이해할 수 없다는 표정을 지었다. 그뿐만 아니라 다들 마찬가지였다.

'저 나이에 저런 신기(神技)를 터득했으면서도 무공에 뜻이 없다고?'

다들 황제의 청을 거절하고자 댄 핑계라고 여겼다. 귀혁과 형운만 빼고.

서하령이 말했다.

"제가 무공을 익힌 것은 오로지 한 사람을 흠모했기 때문입니다. 그분을 닮고자 그분의 무공을 어깨너머로 훔쳐 배웠을 뿐, 무공의 길을 걷고자 하지 않았습니다."

"허허, 하늘이 내린 자질을 가졌으면서도 그것을 원치 않는다니. 하지만 네 뜻을 존중하마. 짐을 감탄케 했으니 상을 내리겠다."

"성은이 망극하나이다."

서하령이 물러나자 황제가 말했다.

"짐은 흡족하도다. 우리 하운국에 이토록 뛰어난 인재들이 있으니 이것은 하늘이 보살핀 결과일 터."

그의 눈길이 귀혁과 형운에게로 향했다.

"하지만 이 자리에 성운의 기재가 아니면서도 짐의 흥미를 끄는 이가 있으니 이걸로 끝내기는 아쉽구나. 형운이여."

"예, 폐하."

"그대도 내 앞에서 기량을 보여주지 않겠느냐?"

"명하신 대로 하겠나이다."

형운은 당황하지 않았다. 이미 귀혁이 이렇게 될 것을 예견하고 귀띔해 주었기 때문이다.

형운이 안개의 무대로 걸어가자 황제가 말했다.

"누가 영성의 제자를 상대해 보겠는가?"

성운의 기재 네 명은 모두 한 차례씩 승부를 겨루었다. 그렇다고 형운에게 어른을 붙이는 것은 황제가 원하는 바가 아니었다.

형운의 시선이 자연스럽게 천유하에게 향했다.

'저 녀석과 싸워보고 싶다.'

그것은 두 사람의 공통된 마음이었다.

특히 천유하는 별의 수호자 총단에서 마곡정을 상대로 함께 싸운 이후, 형운이 얼마나 변했는지 알고 싶었다. 범재에 불과하면서도 귀혁의 가르침으로 성운의 기재를 능가하고자 하는 소년.

"제가……."

"제가 해보겠습니다!"

천유하가 마음을 정하고 말하려는 순간, 가신우가 손을 번쩍 들며 형운의 앞으로 도약해서 섰다.

형운이 눈살을 찌푸렸다.

'이놈이 분위기 파악도 못하고.'

'너무 봐줬군. 못 일어나게 밟아놨어야 하는 건데.'

천유하도 그를 쏘아보았다. 가신우가 그런 천유하를 노려보며 이를 드러냈다.

'흥, 비록 내가 네놈을 얕봐서 패하기는 했다만 이런 좋은 기회를 놓칠 것 같으냐?'

이 자리에 모인 아이들 중 오직 형운만이 성운의 기재가 아니다.

가신우는 귀혁이 폭풍권호임을 사부에게 들어서 알고 있긴 했지만, 아무리 팔객의 제자라도 성운의 기재가 아니라면 주의할 필요가 없다고 여겼다. 지금까지 재능 면에서 자기와 비견할 만한 상대를 한 번도 만난 적이 없었고, 오늘 만나기는 했으나 그것도 성운의 기재였다 보니 이런 오만한 시각을 고치지 못하는 것이다.

그런 속내가 빤히 드러나 보이는지라 형운도 울컥했다.

'내가 만만하다 이거지? 아, 뭐 만만하게 보는 이유는 알겠다만 열 받네. 몸도 성치 않은 주제에 뭐가 그리 자신만만한 거야?

황제가 물었다

"괜찮겠느냐?"

"잠시 기의 운행이 헝클어졌을 뿐, 내상을 입지는 않았습니다. 부디 기회를 주십시오."

가신우는 적극적이었다. 황제의 앞에서 자신의 기량을 뽐낼 마음에 들떴었거늘, 천유하에게 패해서 자존심에 크게 상처를 입었다. 그러니 만회할 기회를 놓치고 싶지 않았다.

선수를 빼앗긴 천유하가 입술을 깨물었다.

황제가 기영준을 보며 물었다.

"괜찮겠는가?"

"예, 폐하. 저 아이가 하고자 하니 기회를 주시면 감사하겠습니다."

"알겠다."

그 말에 가신우가 눈을 빛냈다. 그를 보며 형운이 말했다.

"별의 수호자 소속, 영성 귀혁의 제자 형운입니다."

"태극문 소속, 선검 기영준의 제자 가신우다."

두 소년이 팽팽한 기파를 뿜어내며 대치했다.

제16장

홀로 존재하는 자

성운을 먹는 자

1

귀혁은 가신우가 상대로 결정되는 순간, 형운에게 지침을 내려주었다. 대련 중에 전음으로 이리저리 지시를 내리는 것은 도의에 어긋나는 일이라 미리 지침을 주고 형운이 알아서 하게 해야 했다.

—저놈 내상 입었다. 내공으로 눌러 버려라.

—아, 역시.

내공이 얕으면 얕을수록 내상을 입기도 쉽다. 내공이 강한 자는 기의 흐름이 좀 꼬이고 기맥이 진탕해도 버텨내지만, 내공이 약하면 그 정도만으로도 손상이 생긴다.

가신우의 내공은 3심이다. 정통 도가의 내공심법을 익혔으니 그 기운이 정순하고 튼튼하긴 하겠지만, 천유하와의 싸움에서 받은 충격을 내상 없이 버텨낼 정도는 못된다. 당연히 정상적인 상태일 때와 비교하면 진기의 수발이 눈에 띄게 불편한 상태다.

귀혁은 딱히 태극검의 특성에 대해서 언급하지는 않았다. 형운도 그걸 당연하게 여겼다.

'어차피 나한테는 그런 걸 염두에 두고 대응할 재주가 없지!'

형운은 몇 마디 요약을 듣고 즉석에서 거기에 맞춘 공략법을 떠올릴 만큼 재주가 많은 인간이 아닌 것이다.

대신 형운은 무수히 다양한 상황을 경험해 왔기에 방어가 탁월한 범용성을 가진다.

가신우가 말했다.

"후후, 굴욕을 바로 만회할 기회가 오다니, 하늘이 나를 보살피시는군."

"이거 뭐 시작하기도 전에 이긴 기분 내는 것 같다?"

"아, 미안하군. 다치지 않게 살살 할 테니까 적당히 하고 물러나라."

"……."

깔보다 못해 짐짓 하수를 배려하듯이 말하기까지 하니 어이가 없다.

'아니, 명문 도가문파의 제자라는 놈이 왜 저렇게 성품이 오만방자해?'

형운이 태극문에 대해 가졌던 환상이 가신우 때문에 와장창 깨져 나가고 있었다.

가신우가 이죽거렸다.

"불쌍하니까 적당히 무공을 보일 기회는 주마. 평소에 얼마나 못 먹었으면 폐하 앞에서 그렇게 걸신들린 듯이 먹어대냐? 허 참."

"……."

형운의 얼굴이 붉어졌다. 가뜩이나 신경 쓰고 있었는데 그걸 찌르고 나오다니?

'아, 안 돼. 침착하자, 침착해.'

심호흡을 해서 흥분을 가라앉힌 형운이 말했다.

"넌 살살하고 싶으면 살살 해라. 난 살살 안 할 테니까 맞고 나서 질질 짜면서 핑계대진 말고."

"뭐?"

"좀 전에 작신작신 밟힌 놈이 도대체 뭐가 그렇게 잘났다고 사람을 내려다보는 거야? 어이가 없네. 야, 그렇게 개망신당했으면 나 같으면 쪽팔려서 조용히 있겠다. 어쩜 그렇게 수치를 모르냐?"

"네가 좀 맞고 싶은가 보구나?"

가신우가 눈썹을 치켜떴다. 동시에 뛰어들면서 검격을 날린다.

타핫!

그 검이 형운의 손날에 가로막혔다.

"맨손으로 내 검을 막아?"

가신우가 놀랐다. 경이로운 실력을 보여준 서하령도 검에 맞서기 위해 수갑을 꼈다. 그런데 형운은 맨손으로 검을 막아 내는 게 아닌가?

심지어 손날로 검을 막았는데 피부가 조금 눌렸을 뿐, 전혀 상처가 나지도 않았고 아파하는 기색도 없다.

후우웅!

그리고 곧바로 이어지는 반격!

투명한 섬광을 발하는 주먹이 가신우의 얼굴이 있던 자리를 관통했다. 가신우가 아슬아슬하게 그것을 피하면서 나선 궤도를 그리는 태극검을 펼친다.

태극검의 진수는 검을 휘두르는 동작만이 아니다. 아주 미세한 움직임만으로도 전후좌우를 이동할 수 있는 보법이야말로 태극검의 장점을 극대화시켜 준다고 할 수 있다. 조금씩, 상대방이 알아차리지 못할 정도로 조금씩만 이동하면서 상대방의 거리감을 혼동시키는 것이다.

하지만 그 점에 있어서 가신우는 상성이 안 좋은 상대를 만났다.

'이 자식 뭐야?'

주변을 돌면서 검격을 퍼부었는데 형운은 눈썹 하나 까딱하지 않았다. 거리로 현혹하고, 궤도로 혼란시키고, 위치를 바꿔가면서 공세를 펼치는데도 아주 태연하게 그 모든 것을 막아낸다.

그리고 때때로 반격이 날아든다.

확!

형운의 발차기가 아슬아슬하게 가신우를 스치고 지나갔다.

그 위력이 놀라워서 발차기가 끝나는 지점에서 공기가 폭발했다. 하지만 가신우는 겁먹지 않고 일부러 아슬아슬하게 피해냈다.

'연결이 느려.'

일격 일격만 보면 형운의 공격은 가신우보다 훨씬 빠르다. 마르고 닳도록 반복 수련을 한 흔적이 보인다.

하지만 공수 전환이 느리고 변화폭이 적어서 예측하기 쉽다. 가신우는 그 점을 파고들었다. 탁월한 감각으로 공격을 아슬아슬하게 피하면서 역습한다.

펑!

순간 가죽북 터지는 소리가 울리면서 가신우의 몸이 튕겨 나갔다.

'뭐, 뭐야……?'

가까스로 막았다. 거의 반사적으로 검을 들어서 막았기에 망정이지, 안 그랬으면 치명타를 맞았을 것이다.

형운은 일부러 단순한 공방으로 가신우를 유인한 다음 무심반사경으로 반격한 것이다. 미리 경우의 수를 설정해 둘 수 있는 무심반사경을 상대할 때 기다리는 행동을 취하는 것은 때려 달라고 시위하는 거나 마찬가지다.

그 앞에 형운이 불쑥 나타났다.

"헉!"

정신을 차리기도 전에 급습해 왔다. 기의 수발이 이렇게 빠르다니?

반격한 후 추격하는 것까지도 무심반사경으로 설정해 뒀기 때문에 가능한 움직임이었지만 가신우는 그걸 알 도리가 없었기에 당황하면서 검격을 날린다. 하지만 워낙 다급하게 날린 탓에 검세가 흐트러져 있었다.

형운은 그걸 피하지도 않고 주먹을 날렸다.

콰콰콰콰!

가신우가 검을 거두면서 그걸 피했지만 그 직후 대기가 폭발하면서 가신우를 날려 버렸다.

"크억!"

무시무시한 내공이다. 맞지도 않았는데 옷자락이 찢겨져 나가고 내장이 뒤흔들린다.

그 앞으로 형운이 크게 뛰어들면서 앞차기를 날렸다.

"이 자식……!"

아무리 자세가 흐트러졌다 해도 그렇게 큰 동작을 맞아줄 거라고 생각했단 말인가? 가신우가 몸을 돌리면서 반격했다. 절묘하게 형운의 공격을 피하면서 목을 노리는 검세였다.

"저런 살수를 쓰다니!"

보고 있던 천유하가 깜짝 놀랐다.

하지만 정작 형운은 놀라지 않았다. 발차기를 거두면서 공격을 막아낸다. 그러자 가신우가 아슬아슬하게 형운의 손앞에서 검을 거두었다. 자신이 대련에서 해선 안 되는 짓을 했다는 것을 자각한 모양이었다.

"흠."

형운이 못마땅한 표정으로 그를 바라보더니 자세를 바로 잡았다.

'광풍혼(光風魂).'

후우우우우!

그러자 돌풍이 형운의 몸을 감싸고 휘몰아쳤다. 희미하게 푸른빛이 어린 그 기운은 귀혁에게 폭풍권호라는 별호를 선

물한 독문무공이 발현된 결과였다.

형운이 물었다.

"이 정도면 됐냐?"

"뭐?"

"탐색전 이만하면 됐냐고? 이쯤 봐줬으니 이젠 방심하다 당했다는 소리는 못하겠지?"

"……."

가신우가 멍청하니 형운을 바라보았다. 아니, 그러니까 지금까지 자기를 봐줬다고 말하는 것인가?

물론 형운이 딱히 가신우를 봐준 건 아니다. 다만 귀혁의 가르침에 따라서 도발하고 있을 뿐이다.

하지만 탐색전을 벌인 것도 사실이었다. 광풍혼을 전개하고 내력을 본격적으로 전개한 지금부터가 형운의 진면목이다.

"자, 그럼……."

광풍혼을 몸에 휘감은 형운이 앞으로 나서며 주먹을 휘두른다. 맞지도 않을 거리에서 주먹을 휘두르니 가신우가 의아해했다.

'뭐야? 기공파로 승부해 보겠다 이건가?'

검을 든 가신우에 비해 적수공권의 형운은 공격거리가 짧다. 그러니 기공파를 쓰는 것도 괜찮은 대처이긴 하겠지만 이렇게 뻔히 보이게 쓰다니?

하지만 다음 순간 일어난 일은 가신우의 예상을 뛰어넘었다.

콰콰콰콰콰!

형운이 주먹을 크게 휘두른 궤적을 따라서 거대한 파도처럼 기공파가 쏟아지는 게 아닌가? 땅에 가라앉았던 안개가 쓸려 나가면서 새하얀 벽이 몰려왔다.

'뭐야, 이거?'

가신우는 경악했다. 전방을 완전히 휩쓸어버리는 기공파라니, 내공이 도대체 얼마나 되어야 이런 짓을 할 수 있단 말인가?

그러면서도 성운의 기재답게 번뜩이는 감각으로 대처한다. 날아드는 기공파의 흐름을 파악하고 거기에 거스르지 않는 검격을 날린다. 그리고 거기에 올라타듯이 도약해서 2장(약 6미터)에 가까운 높이의 기공파를 뛰어넘었다.

마치 기다렸다는 듯 그 앞에 형운이 뛰어들었다.

'그럴 줄 알았다!'

가신우는 회심의 미소를 지으며 반격했다. 아니, 반격하려고 했다.

'오지 않아?'

형운은 놀랍게도 뛰어드는 척하다가 허공을 박차고 뒤로

물러나고 있었다. 동시에 허공에다 대고 주먹을 날리니 유성 같은 새하얀 섬광이 날아들었다.

하지만 가신우는 그것도 피했다. 이 기공파는 일점집중이라 날아드는 궤도만 포착하면 충분히 피할 수 있었다.

문제는 한 발이 아니라는 점이다.

'유성혼 연격!'

형운이 허공을 난타하니 그 궤도를 따라서 수십 발의 유성이 화살보다 빠르게 쏘아져 나갔다. 광풍혼을 타고 가속하면서 유형화된 기를 쏘아내는 유성혼. 위력은 집중해서 쏘아낼 때마다 떨어지지만 그래도 하나하나가 상당한 위력인 데다가 그 궤도가 직선이 아니라 곡선을 그리면서 입체적으로 쏟아진다.

퍼퍼퍼펑!

가신우는 그 대부분을 피하고, 비껴내는 신기에 가까운 방어를 보여주었다.

하지만 허공이라 지상에 있을 때에 비해 운신이 자유롭지 못하고 워낙 기공파의 수가 많아서 결국 두어 발을 검으로 막고 나가떨어졌다.

그런 그 앞으로 형운이 허공을 밟고 뛰어내렸다.

콰아아아앙!

안개의 무대가 통째로 뒤흔들리면서 충격파가 터졌다.

아슬아슬하게 피했던 가신우가 충격파에 떠밀려서 바닥을 몇 바퀴나 구른 후에 일어났다.

"세상에."

그것을 본 진예가 놀라서 눈을 크게 떴다.

직경이 10장(약 30미터)도 넘는 원형의 무대가 지진이라도 난 것처럼 뒤흔들린다.

기환진 때문에 바깥으로 충격이 전해지지는 않았지만 그것만으로도 형운이 보여준 일수가 어느 정도 위력을 가졌는지 알 수 있었다.

지금까지 살면서 자기보다 내공 높은 또래를 본 적이 없는 그녀였다. 그런데 형운은 아무리 봐도 문파의 어른들이나 보여줄 법한 내공을 과시하고 있었다.

경악하는 것은 가신우도 마찬가지였다.

'이 자식은 어디서 튀어나온 괴물이야?'

기술 면에서는 그가 명확히 위다. 형운의 방어가 이상하리만치 단단하고 몇몇 국면에서 예상치 못한 모습을 보이기는 하지만, 기술의 활용은 단조롭다.

하지만 형운의 내공이 터무니없다. 한번 수세에 몰리기 시작하니 완전히 내공의 격차를 이용해서 폭격을 퍼붓는데 도저히 빠져나갈 수가 없었다.

콰!

가신우가 자세를 바로잡기도 전에 형운이 쫓아와서 내려찍기를 날렸다. 그걸 피하기는 하는데 뒤따라오는 충격파가 몸을 밀어내서 균형을 흐트러뜨리고, 형운은 그럴 줄 알았다는 듯 따라오면서 유유히 주먹을 날려 왔다.

그리고 그 주먹에 실린 힘이 장난이 아니다. 피하기는 하는데 형운의 몸을 휘감은 광풍혼이 가속, 주먹의 궤도를 따라서 힘을 폭발시킨다. 사람의 몸이 이렇게 가벼웠나 싶을 정도로 가신우의 몸이 붕붕 날아다녔다.

'내공으로 눌러 버려라.'

형운은 귀혁의 지시를 충실하게 이행하고 있었다.

가신우가 멀쩡한 상태였다면 이 방법은 그리 현명하지 못하다. 진기의 수발이 자유로운 상태였다면 가신우는 모든 행동을 최소한 반박자 빠르게 행할 수 있을 것이다. 그러면 형운의 공세에서 빠져나가서 반격하는 게 가능했을 것이고, 공격에 치중하던 형운 쪽에서 허점을 드러냈을지도 모른다.

하지만 지금의 가신우는 한번 수세에 빠지고 나니 헤어나오지 못하고 있었다. 진기의 수발이 자유롭지 못해 허점이 드러나고, 그 허점을 찔렀을 때는 역시 진기의 수발이 완전하지 않아서 태세를 바로잡기가 힘들다. 헤어나올 수 없는 악순환에 빠져 있는 것이다.

'이놈 진짜 잘도 버티네.'

오히려 가신우가 필사적으로 버티고 있는 것에 형운은 감탄하고 있었다.

완전히 잡았다고 생각한 순간이 몇 번이나 있었는데, 그때마다 잘도 빠져나간다.

그뿐만이 아니다.

핏! 피잇!

중간중간 도저히 반격할 수 없을 거라 여겼던 상황에서 반격까지 한다. 검에 맞은 형운의 소매가 조금씩 찢겨 나갔다.

가신우 입장에서는 미치고 환장할 노릇이었다.

'무슨 팔다리 전체가 도검불침(刀劍不沈)이냐?'

방호구도 안 차고 있는 주제에 팔다리를 아무리 때려도 긁힌 상처도 안 난다. 손만이 아니라 공방에 쓰는 부위 전체가 강철같이 단단한 것이다.

그렇다고 다른 데를 때리자니 도저히 형운의 방어를 뚫을 수가 없다. 정상적으로 기술 대련을 해도 뚫을 수 있을까 말까 한데…….

쾅! 콰쾅! 콰콰콰콰!

형운의 일격 일격에 거력이 담겨 있어서 대기가 찢어지며 비명을 지르고 안개의 무대가 통째로 뒤흔들린다. 가신우가 아무리 열심히 피해도 그 여파만으로도 몸이 장난감처럼 날아가고 있었다.

"헉, 헉, 허억……!"

가신우의 숨이 가빠졌다. 형운이 숨을 가다듬을 여유도 안 주고 계속 몰아치고 있어서이기도 하지만…….

'이, 이상해. 몸이 왜 이러지?'

아무리 그래도 너무 빨리 지친다. 숨쉬기가 어려우니 진기의 수발이 더더욱 흐트러진다.

그것은 형운이 암암리에 펼쳐두고 있던 중압진의 효과였다. 내공이 6심에 달한 형운은 그만큼 넓은 범위에 강력한 중압진을 펼칠 수 있었던 것이다.

형운의 뇌리에 귀혁의 가르침이 스쳐 갔다.

"세상에는 믿을 수 없을 정도로 재주가 좋은 놈들이 있다."

"성운의 기재들처럼 말이죠."

"그래, 그놈들은 검증된 천재고 그런 짓을 밥 먹듯이 하지. 근데 그놈들 말고도 세상에는 기재라는 것이 많다. 그럼 재주가 부족한 놈이 그렇게 재주가 뛰어난 놈을 상대로 싸울 때는 어떻게 해야겠느냐?"

"글쎄요?"

"재주를 부리든 말든 상관없는 전술을 펴면 된다."

그것이 형운이 귀혁에게 배운 답이었다.

형운의 전법은 움직이는 성채와도 같다. 감극도, 막대한 내공, 그리고 중압진이 바로 그것을 위한 무기였다. 아무리 재주가 좋은 놈도 중압진의 영역 안으로 뛰어 들어와서 감극도의 방어를 뚫겠다고 안간힘을 다하다 보면 늪에 빠진 것처럼 돌이킬 수 없는 상황에 빠지게 된다.

"으윽, 이대로 당할 것 같으냐!"

어느 순간, 가신우가 형운이 날리는 주먹을 피하지 않고 받았다. 거기에 발생한 광풍에 그의 몸이 파도에 휩쓸리듯이 날아가 버린다.

형운이 눈을 빛냈다.

'호오!'

지금 형운이 날린 일권은 힘을 한 점에 집중시키는 대신 넓게 퍼뜨린 것이다.

가신우는 그런 공격을 기다리고 있었다. 몸에 완전히 힘을 뺀 자연체 상태로 자신의 기운을 광풍을 이루는 기운에 동조, 충격을 흘리면서 거리를 벌린다.

그 또한 부드러움으로 강함을 제압하는 것을 우선시하는 태극문 무공의 묘리였다. 그것을 저 나이에 실전에서 해냈다는 것만으로도 가신우의 재능은 아무리 찬사를 보내도 아깝지 않으리라.

하지만 형운은 놀라지 않았다.

'사부님 말고도 자연체하는 사람이 있긴 있네. 아마 하령이도 할 수 있겠지?'

자연체 따위(?)는 귀혁이 밥 먹듯이 보여줬다. 저거보다 훨씬 신묘한 기술도 매일같이 봐왔는데 넓게 휩쓰는 기공파 상대로 자연체를 해냈다고 놀랄 리가 있나?

무엇보다 형운은 그 누구보다도 성운의 기재를 인정하는 사람이었다. 성운의 기재라면 나이에 상관없이 뭘 해내도 이상하지 않으리라는 확신이 있었다.

후우우웅!

형운은 다시 유성혼을 날렸다. 몸을 감싸고 돌던 광풍혼이 새하얗게 물들면서 빨랫줄처럼 뻗어 나간다.

가신우의 눈이 빛났다.

'걸렸구나!'

이 공격을 기다리고 있었다.

가신우의 감각은 무섭도록 살아 있었다. 유성혼의 섬광 때문에 보이지 않지만, 그 뒤에서 형운이 곧바로 뛰어들고 있는 것을 알 수 있다.

자연체를 푼 가신우가 태극검의 절초를 펼쳤다.

'태극역반경(太極易反鏡)!'

나선을 그리는 검세가 날아드는 유성혼을 휘감는다. 검세와 접촉하는 순간, 유성혼이 가신우가 검을 휘두르는 궤적을 따라서 휘어지더니 형운에게 되돌아갔다.

기공파의 궤도를 꺾어 상대에게 되돌려주는 절기였다. 자연체는 이것을 위한 예비 동작이었다.

파아아앙!

상상도 못한 반격에 형운이 그대로 얻어맞으며 섬광이 터졌다.

가신우는 그 틈을 놓치지 않았다. 자연체로 공격을 흘리고, 태극역반경으로 적의 공격을 되돌리면서 진기를 증폭한다.

그로써 상대의 허점을 찌름으로써 최고의 반격이 완성된다.

'끝이다!'

가신우는 승리를 확신했다.

그리고 어둠이 덮쳐왔다.

'어……?'

조금 전까지만 해도 시야를 메웠던 섬광이 걷혀 가고 있었는데 갑자기 깜깜해졌다. 무슨 일이 일어난 것일까?

그런 의문을 품는 순간, 몸에 충격이 가해지면서 흔들렸다.

'뭐야? 어째서…….'

가신우는 자신의 몸이 땅에 부딪쳐서 데굴데굴 구르고 있다는 사실을 깨달았다. 몸이 전혀 통제가 되지 않는다.

"커, 억……."

곧 어둠이 걷히고 하늘이 보였다.

상황을 파악하지 못하는 그의 귓가에 형운의 목소리가 들려왔다.

"여기까지입니다."

2

애당초 귀혁을 통해 자연체를 여러 번 경험해 본 형운은 가신우가 뭘 하고자 하는지 예측할 수 있었다. 심지어 태극역반경조차도 감극도 응용기 중에 같은 효과를 내는 기술이 있는지라 예상 범위 안이었다.

그리고 귀혁은 그런 상황까지 상정해서 자신의 무공을 다듬어왔다.

광풍혼과 유성혼은 완벽하게 종속관계에 있는 무공이다.

광풍혼을 휘감고 있는 한 스스로 쏘아낸 유성혼은 위협이 되지 않는다.

고작해야 약간 충격을 받는 정도? 정면으로 맞아도 유성혼은 광풍혼에 흡수되어서 진기 수발에 약간의 부담을 더해주는 정도로 끝난다.

형운은 일부러 섬광을 터뜨려서 유성혼에 맞은 것처럼 위장, 완전히 이긴 기분에 들떠 있던 가신우에게 반격을 날린 것이다.

가신우는 전혀 상상 못한 공격을 맞고 그대로 날아가 버렸다.

"대단하구나!"

황제가 손뼉을 쳤다.

성운의 기재들은 하나같이 놀랍기 그지없었다. 하지만 형운은 그들과 완전히 다른 놀람을 주었다.

"도대체 어떻게 하면 그 나이에 그런 내공을 지닐 수 있는지 믿을 수가 없군. 황실에서 온갖 영약과 비약을 먹여가면서 길러낸 운검위 후보들도 그 나이에 그런 내공을 지니지 못하거늘."

황제 역시 무공을 상승의 경지로 익힌 몸이다. 하지만 형운이 보여주는 내공 경지는 그가 보기에도 불가해한 영역이었다.

"짐은 탄복했도다! 형운이여, 짐을 즐겁게 했으니 크게 상을 내리겠다."

"성은이 망극하나이다."

형운이 고개 숙여 감사를 표했다.

곧 기영준이 와서 기절한 가신우를 업으며 말했다.

"내가 오늘 서 소저를 보고 더 이상 놀랄 일이 없으리라 여겼거늘, 앞일을 안다고 여기는 것이 오만이었음을 인정할 수밖에 없겠군. 감탄했네, 형운 공자."

그 말에 형운이 당황하며 고개를 숙였다.

"마지막에 놀라서 힘을 과하게 쓴 점을 사과드립니다."

"허허, 아마 이 아이에게도 좋은 약이 되었을걸세. 하지만 정말이지 세상이 넓고 새로운 물결이 거셈을 실감케 되는군."

기영준은 웃었다. 제자가 다친 것에 안타까워할지언정 형운에 대한 적의나 분노는 한 점도 느껴지지 않는지라 그가 진짜 도사다운 성품임을 알 수 있었다.

귀혁이 다가와 말했다.

"그리 말하는 걸 보니 자기가 오냐오냐 가르쳤다는 건 아는가 보군."

형운이 기겁해서 그를 바라보았다. 아니, 이런 인격자 앞에서 그런 무자비한 소리를 하다니!

하지만 기영준은 괘념치 않는 기색이었다.

"부끄럽습니다. 저나 어르신들이나 다들 애가 워낙 뛰어나니까 오냐오냐 하게 되어서 그만."

"태극문의 노인장들은 자네한테도 그랬지만 자네는 예전

부터…….”

“재수 없었지.”

“재수 없었… 아니, 무슨 소리를 하는 건가? 검후.”

귀혁이 불쑥 끼어든 이자령을 바라보았다. 이자령이 코웃음을 쳤다.

“애송이 시절부터 세상의 도리를 다 깨우친 것처럼 바른말만 했으니 참 재수가 없었지. 그런데 그게 10년이 지나고 20년이 지나고 30년이 지나도 변하지 않으니 이제는 재수없다고도 못하겠군. 오래 살고 볼일이야.”

“하하하. 그저 마음 가는 대로 살 뿐입니다.”

“똑같이 마음 가는 대로 살아도 이 모양 이 꼴인 남자도 있지 않은가. 자네는 좀 더 잘난 척해도 되네.”

“하여튼 검후, 당신은 나이 먹을 만큼 먹은 주제에 말솜씨는 끝내주게 아름다우이.”

“당신 성깔만 할까.”

귀혁이 혀를 끌끌 차자 이자령이 남 말 하지 말라는 듯 쏘아붙였다.

그때 황제가 말했다.

“흠, 아쉽지만 짐은 이만 정무로 돌아가야 할 듯하구나.”

황제가 일은 수하들에게 맡기고 팔자 좋게 논다고 생각하는 이들도 있지만, 적어도 현 황제는 성실하게 정무를 보는 인물이었다. 그만큼 황실의 장악력이 강해서 신하들이 허튼 짓을 하기도 어려웠다.

"그럼 내일 만찬회에서 다시 보도록 하지."

모두 무릎을 꿇고 자리를 떠나는 황제에게 예를 표했다. 황제는 왔을 때처럼 운룡궁에서 내려온 빛의 길을 따라서 하늘을 날아 돌아가 버렸다.

만찬회는 그걸로 끝났다. 아이들은 모두들 스승을 따라서 그 자리에서 나왔고 그 와중에 형운이 천유하에게 다가갔다.

"오랜만이다."

"그러게."

천유하가 반갑게 웃었다. 형운과 달리 계속 시골에서 살아왔던 몸인지라 황궁의 분위기가 거북스럽기 짝이 없었다.

시중들어주는 사람들을 봐도 주눅 드는 판이라 아는 얼굴을 만나니 그렇게 반가울 수가 없었다.

형운이 물었다.

"그나저나 대단하던데. 넌 도대체 일월성단 말고 또 뭘 먹었길래 내공이 그렇게 늘었어?"

"내가 묻고 싶은 말이다. 넌 도대체 그동안 뭘 먹었길래 내공이 그러냐?"

형운이 강해졌으리라 예상하긴 했지만 이건 상상을 초월

했다. 내공은 기심이 하나씩 늘 때마다 그 격차가 기하급수적으로 커지는지라 5심과 6심의 차이는 상당히 컸다.

'내공으로 보면 사부님과 대등하지 않을까?'

평생을 무공에 매진해 온 우격검 진규도 내공이 6심이다. 강호상에서 대부분의 무인이 5심을 현실적인 한계로 여기며 6심에 도달한 자들은 그것만으로도 이름을 날릴 만했다.

그런데 형운은 고작 열여섯 살, 그것도 무공에 입문한 지 채 3년도 안 되어서 그 수준에 도달한 것이다.

형운이 말했다.

"몸에 엄청나게 좋으면서 지독하게 맛없는… 아니, 맛이 없는 수준을 넘어서 영혼이 고통스러워지는 것들만 먹으면 돼."

"……."

뭔가 빼저린 감정이 담긴 말이었다. 아까 전에 식사 중에 보여준 모습도 그렇고, 귀혁이 말한 식사 제한이라는 것이 보통의 것이 아님을 알 수 있었다.

천유하가 말했다.

"오늘은 좀 아쉽게 되었군. 너와 겨뤄보고 싶었는데."

"나도 그래."

가신우가 분위기 파악 못하고 끼어드는 바람에 기회를 놓쳤다. 같은 상대를 통해서 서로의 실력을 짐작해 볼 수 있었던 건 좋지만 역시 직접 붙어보지 못한 게 아쉽다.

천유하가 물었다.

"그러고 보니 그 녀석은 어떻게 지내?"

"그 녀석?"

"마곡정이라는 녀석."

천유하가 형운만큼이나 신경 쓰고 있는 상대가 마곡정이었다. 대련에서는 이겼지만 그 후에 이어진 싸움에서는 압도당했다 보니 언젠가 설욕하고 싶은 마음이 굴뚝같았다.

"아, 곡정이? 고향 갔어."

"응?"

"그게 어떻게 된 거냐 하면……."

형운이 마곡정에 대해서 이야기할 때였다.

"유하!"

"아."

복도 저편에서 그를 부르는 목소리에 다들 멈칫했다.

예령공주가 위사 둘과 시비 둘을 거느리고 다가오고 있었다. 형운의 거처에 쳐들어갔을 때와는 달리 황족답게 화려한 옷을 차려입고 있어서 인상이 완전히 달라보였다.

"예령공주 마마를 뵙나이다."

천유하가 즉시 예를 표했다. 다른 사람들도 마찬가지였다.

예령공주가 말했다.
"모두 고개를 들라."
다들 그 말에 따르자 그녀가 천유하를 보며 말했다.
"섭섭하구나. 모처럼 황실에 왔는데 어찌하여 나를 찾아오지 않았느냐?"
"제가 황궁에 입궁하는 것이 처음이다 보니 이 안에서 지켜야 할 법도를 잘 몰라 경황이 없었나이다."
"흠, 그랬구나. 그, 그러면……."
예령공주가 주변의 눈치를 살폈다. 그런 그녀의 얼굴은 살포시 붉어져 있는데 아무리 봐도 다른 사람들 시선 때문인 것 같지는 않았다. 그녀가 목소리를 가다듬더니 말했다.
"오랜만에 만났으니 차나 한잔하면서 이야기를 나누었으면 좋겠구나. 괜찮겠느냐?"
"황송하옵니다."
"유하의 스승, 진규라 하였던가? 잠시 유하를 빌려가겠노라."
"그리하시옵소서."
공주가 초대하겠다는데 거기에 대고 뭐라고 할 수 있을 리가 없었다. 그럴 이유도 없고.
예령공주가 말했다.
"그럼 내 거처로 가자꾸나."

"예."

천유하와 함께 가던 예령공주가 문득 생각났다는 듯 뒤를 돌아보았다.

하지만 옆에 있던 천유하가 눈치채지 못할 정도로 아주 작게 흘끔 돌아보는 동작이었다. 그녀가 형운을 바라보더니 손을 들어서 입으로 뭔가 떠드는 흉내를 내고는 슥 목을 긋는 동작을 했다.

다들 그걸 보고는 황당해했다. 아니, 저게 공주가 할 행동이란 말인가?

'말하면 죽는다 이거지?'

형운이 높은 사람 눈치 보는 솜씨는 일품인지라 별다른 대화 없이도 그녀가 뭘 원하는지 알아들었다.

'와, 천유하. 장차 부마가 되는 거냐?'

예령공주의 목숨이 위험할 때 천유하가 구해줬다더니, 그 일을 계기로 반해 버린 모양이다. 형운에게 덤벼들었을 때와는 달리 천유하 앞에서는 황족다운 척, 조신한 소녀인 척하는데 참으로 가증스럽다.

'나한테 와서 난리를 피운 것도 저래서였구만.'

천유하가 형운을 언급했던 것인지, 아니면 천유하에 대해서 알아보다가 귀혁이 천유하를 제자로 들이지 않았던 일 때문에 형운에게 관심을 가진 것인지는 모르겠다. 어쨌든 형운

입장에서는 완전 민폐였기에 사랑에 빠진 소녀라고 귀엽게 봐줄 이유도 없었다.

'하여튼 황족도 다 사람일 뿐이지.'

형운은 고개를 절레절레 저었다.

3

다음 날 열린 만찬회에는 형운도, 다른 성운의 기재들도 참석하지 않았다.

아무래도 각 지방에서 올라온 유력인사들이 중대한 사안을 나누는 자리였으니 당연한 일이다.

그래서 형운은 풀이 죽어 있었다.

"아아……."

아직도 어제 먹었던 요리들이 눈앞에서 아른거린다. 평생 먹어본 그 어떤 요리와도 비교도 안 되는 천상의 경험이었다. 그것은 요리 자체가 맛있기도 하지만 아무래도 지금까지 약선만 먹으면서 미각이 고통받아 온 탓이기도 했다.

서하령이 묘한 표정을 지으며 물었다.

"무슨 생각을 하는데 그렇게 침을 흘려?"

"아."

퍼뜩 정신을 차린 형운이 침을 닦았다. 그리고 물었다.

"오늘 만찬회 끝나고 나면 또 연회 같은 거 없을까?"

"…먹을 거 생각하고 있었구나. 연회가 열리면 어쩌게? 또 어제 일을 반복하려고?"

"그, 그런 거 아니야. 이번에는 확실하게 정신줄을 잡고, 절제하면서! 먹을 거야."

"퍽이나."

서하령이 코웃음을 쳤다. 그녀는 어제 형운의 행동이 귀혁의 체면을 상하게 했다고 여겼는지라 까칠하게 굴고 있었다.

문득 형운이 물었다.

"그러고 보니 하령아."

"왜?"

"그거 진심이야?"

"뭐가?"

"무공에 뜻이 없다는 거."

서하령이 어려서부터 이 장로에게 연단술을 배우고 있다는 것이야 다들 아는 사실이었다.

그녀가 연단술을 진지하게 대하고 있으며 동년배의 수련생들과는 비교도 안 되는 진전을 보이는 것도 별의 수호자 내에서는 잘 알려져 있다.

하지만 그녀가 성운의 기재임이 드러난 이후, 장로회에서는 그녀가 무공을 연마해 주길 바랐다. 아무래도 역대 성운의 기재들이 두각을 드러낸 분야가 무공 분야이기 때문이다.

일월성단—달을 지원받게 된 것도 그런 연유였고 그 외에도 여러 무공을 열람하고 터득할 수 있는 권한이 주어졌다.

서하령이 물었다.

"내가 연단술사가 되려는 게 이상해?"

"아니, 그건 안 이상해."

"그럼?"

"무공에 뜻이 없다고 하는 말에 좀 놀랐거든. 너 무공도 꽤 적극적인 편이잖아?"

"내가 익히고자 하는 건 오로지 귀혁 아저씨의 무공뿐이야. 다른 무공은 귀혁 아저씨의 무공을 익히기 위한 이해 기반으로서 습득했을 뿐."

"……."

무공에 관한 한 그녀의 뜻은 오로지 귀혁에게 향해 있었다.

형운은 새삼 서하령이 스스로가 성운의 기재인 것을 원망했던 심정을 이해할 수 있었다. 남들은 모두 부러워하지만 그녀에게는 귀혁의 제자가 될 수 없는 족쇄에 불과한 것이다.

어떤 의미에서 서하령은 무인으로서 형운보다 더 귀혁에

가깝다.

내공심법은 귀혁이 익힌 불괴연혼신공의 기반이 되는 연혼신공을 터득하고 있었고, 천라무진경은 귀혁이 감극도 이전에 추구하던 무공이다.

귀혁은 이 무공이 순수한 인간보다는 영수의 피를 이은 서하령에게 잘 맞는다고 여기고 전수했으며 그 성취는 놀라울 정도였다.

'확실히 10년쯤 지나면 나보다는 애가 사부님의 후계자처럼 보일지도 모르지.'

귀혁은 형운이 제2의 자신이 될 수 없다는 것을 안다. 그렇기에 형운을 자신과는 다른 작품으로 만들기 위해 혼신의 힘을 다하고 있었다.

그에 비해 서하령은 무서운 재능으로 귀혁을 닮고자 하고 있었다. 귀혁이 무학자로서 뛰어날 뿐만 아니라 무공 면에서도 뛰어난 감각과 재능을 보여준 이였음을 감안할 때, 세월이 지나면 지날수록 귀혁의 후계자처럼 보이는 것은 형운보다는 서하령 쪽일지도 모른다.

문득 형운은 궁금해졌다.

서하령은 왜 이렇게까지 귀혁에게 집착하는 것일까?

'근데 물어봐도 되나 이거?'

제법 친해졌다고 생각하지만 서하령의 과거에 대해서는

들어본 적이 없었다. 아무래도 출생부터가 비범하고, 지금은 곁에 부모도 없는 상대다 보니 가볍게 물어볼 수가 없었던 것이다.

서하령이 물었다.

"왜?"

"음, 대답하기 싫으면 안 해도 되는 질문인데… 하령이, 너는 왜 그렇게 사부님을 닮고 싶어 하는 거야?"

"……."

그 말에 서하령이 잠시 고개를 돌려 허공을 응시했다. 침묵이 길게 이어지자 형운은 안 되겠다 싶어서 다른 말로 수습하려고 했다.

"미안해. 내가 괜한 걸 물었……."

"대답하기 전에 나도 하나 물어봐도 돼?"

"…응?"

"넌 귀혁 아저씨와 만날 때부터 이미 고아였다고 들었어."

"맞아."

"어쩌다가 부모님을 여의게 된 거야?"

"음……."

별의 수호자에 온 후, 형운에게 이런 질문을 던진 이는 귀혁밖에 없었다. 스승으로서 제자의 삶에 대해서 알아두어야 했기 때문이다.

서하령은 언제나 귀혁과 만난 후의 형운에게밖에 관심을 두지 않았다. 그런데 이런 질문을 해왔다는 것은, 자신의 출생에 대해 이야기하기 전에 형운의 이야기도 들어두고 싶었기 때문일까?

형운이 말했다.

"별로 특별한 일이 있었던 건 아니야. 사부님과 만나기 전의 내 삶은 특별한 구석이라고는 어디에도 없었으니까."

형운은 부모에 대한 기억이 별로 없다. 워낙 어릴 때 고아가 되었기 때문이다.

"산사태에 집이 묻혀서 두 분 다 돌아가셨다고 들었어."

형운의 가족은 성 밖의 산촌에서 살았다. 그러다가 비가 억수같이 쏟아져 내리던 날, 강물이 범람하고 산사태가 일어나 형운의 집이 파묻혀 버렸던 것이다.

거기서 형운이 살아난 것은 천운이었다고 한다. 듣기로는 무너진 집의 잔해에 깔린 부부가 필사적으로 감싸서 형운이 기적적으로 살아남았다는데… 형운은 잘 기억나지 않았다.

"그 후야 뭐… 마을 사람들이 좀 보살펴주긴 했지만 다들 살기가 팍팍해서 한계가 있었지. 그래서 여기저기 일할 곳을 기웃거리다가 객잔 심부름꾼 노릇을 하게 되었고."

"그랬구나."

비극적인 이야기였지만 형운은 담담하게 그때를 이야기했다. 부모의 얼굴도 기억나지 않는데다가, 별의 수호자에 오기 전의 삶은 워낙 팍팍해서 자기가 비극의 주인공인 양 감상에 젖을 여유도 없었다.

서하령이 말했다.

"귀혁 아저씨는 내 은인이야."

"은인?"

"내 아버지는……."

문득 정원의 대나무들 사이로 바람이 불었다. 그 바람에 휘날리는 머리칼을 붙잡으면서 그녀가 말을 이었다.

"광령익조(光靈翼鳥)였어."

"광령익조?"

"영원히 새로운 삶을 살아가는 새야. 한없이 신수에 가까운 영수라고 하지."

광령익조는 온몸이 빛으로 이루어진 새다. 인간의 눈길이 닿지 않는 아득한 하늘 저편을 날며 수백 년을 살아가다가 매번 수명이 다했을 때 더 높은 곳, 저 하늘의 끝까지 날아올라서 태양빛에 불타면서 하나의 알을 남긴다.

지상으로 추락한 알은 지상의 존재에 의해 길러지며 그때마다 새로운 존재로 태어난다.

즉, 이전의 기억을 거의 다 잃어버리고 자신의 정체를 모르는 채 살아가게 되는 것이다.

"무한히 전생하는, 하지만 언제나 본질은 같은 존재야. 그리고 그게 문제였지."

그렇게 지상에 떨어진 광령익조의 알을 발견한 것은 늘그막까지 자식이 없던 인간 노부부였다.

알에서 깨어난 그는 인간의 모습을 하고 있었으며 노부부는 하늘이 점지해 준 아이라 믿고 서준비라는 이름을 지어주었다. 자신을 친자식처럼 키워준 노부부 밑에서 서준비는 자신이 좀 특수한 힘을 가진 인간이라고 믿으며 자라났다. 그러다가 한 여성과 사랑에 빠져서 서하령을 낳았다.

하지만 운명은 그가 인간으로서 살아가는 것을 허하지 않았다.

서하령의 탄생을 계기로 사특한 뜻을 가진 조직이 서준비의 정체를 꿰뚫어 보고 손에 넣고자 했다.

그들의 습격으로 서준비를 길러준 노부부가 죽고, 서하령의 모친마저 유명을 달리했다. 딸이 보낸 구원을 원하는 편지를 받은 이 장로가 급하게 손을 썼으나 이미 모든 것이 늦어 있었다.

인간으로서의 삶을 파괴당한 서준비는 결국 스스로의 정체를 각성, 광령익조가 되어 원수들을 모조리 참살했다. 각성한 그는 이미 일개 영수라고 하기에는 지나치게 강대한 힘으로 폭주하여서 온갖 자연재해를 일으키는 재앙이 되었다.

복수를 이루면서 인간으로서의 자신이 품었던 집착의 실을 끊은 그는 완전한 광령익조가 되었다. 그리고 광령익조는 자손을 낳아 번성하는 것이 아니라 오로지 혼자만이 고고하게 존재한다.

거기까지 들은 형운의 낯빛이 변했다.

"설마……."

"아마 네가 예상하고 있는 게 맞을 거야."

서하령은 담담하게 최악의 비극을 이야기했다.

서준비, 아니, 더 이상 인간이 아니게 된 광령익조는 자신의 본능에 충실했다. 그리고 그 본능은 인간일 때 낳은 자손의 존재를 허하지 않았다.

그는 어린 딸을 죽여 없애 버림으로써 인간일 때 지상에 남긴 모든 인연을 지우고자 했다.

"…그걸 막아준 게 귀혁 아저씨였어."

그러나 하늘이 어린 서하령을 보살폈음일까? 뒤늦게 이 장로가 보낸 구원의 손길이 당도했다. 귀혁을 포함한 별의 수호자의 전투부대였다.

한없이 신수에 가까운 대영수, 광령익조는 인간이 감당할 수 있는 존재가 아니다. 한 번 울면 그 소리가 100리 밖까지

진동시키며 날갯짓을 하면 지상을 불태우는 열풍이 휘몰아친다.

아무리 귀혁이라고 해도 광령익조를 감당할 수 있을지는 미지수였다. 게다가 이때의 그는 진야 사건 때 입은 내상이 아직 치유되지 않아서 전력이 완전하지 않았다.

"하지만 아버지는 번민하고 있었어."

서하령은 어려서부터 비범한 지능의 소유자였다. 걸음마를 떼기도 전에 말을 술술 할 수 있었고 채 세 살도 되기 전에 글자를 읽고 쓰는 것은 물론이고 셈도 능숙하게 할 수 있었다.

그래서 그녀는 모든 것을 기억한다. 아버지가 인간으로서의 삶을 파괴당하던 과정을, 그리고 운명을 한탄하며 죽어간 어머니의 마지막을.

본능에 따르고자 하면서도 광령익조는 번민했다.

바로 전까지 인간으로서 살아가던 기억이, 그때의 마음이 딸을 죽여 스스로의 유일함을 지키고자 하는 본능에 제동을 걸었다.

4

여섯 살의 서하령은 인세의 지옥 속에서 춤추는 빛을 보고 있었다. 대지가 불타고, 그곳에 있던 인간과 짐승들이 몰살당하고, 초목조차 죽어버린 지옥 속에서… 그녀가 있는 자리만이 기적처럼 평온했다.

아름답다.

서하령은 자신의 아비였던 존재를 보며 멍하니 생각했다.

모든 것을 불태우고, 살아 있는 것들이 숨 쉬는 것조차 허락하지 않는… 오로지 혼자서만 고고하게 존재하는 거대한 빛의 새.

그것은 인간의 의지로 어찌해 볼 수 없는 초월적인 존재였다. 사람은 날아드는 칼날을 막을 수는 있어도 자연의 손길 앞에서는 속수무책이다.

광활하게 펼쳐진 광령익조의 힘은 주변에 인간들이 접근하는 것 자체를 허하지 않았다. 하늘이 불타고 대기가 비명을 지르는 가운데 펼쳐진 날개에서 떨어져 나간 빛의 파편들이 사방으로 흩날린다.

"하령아, 도망쳐."

그 속에서 서하령은 서서히 본능에 짓눌려 죽어가는 아버지의 마음을 들었다.

광령익조의 이번 생에서 태어난 인간의 마음이, 억겁의 세

월을 존재해 온 거대한 의지를 막고 있었다.

"누구든 좋으니 내 딸을 구해줘. 내 손에서… 그 사람의 아이를 안전한 곳으로……!"

그 목소리를 들으며 서하령은 생각했다.

아아, 아버지는 어머니를 사랑했구나.

괴물이 인간의 탈을 쓰고 인간인 척한 것이 아니라, 진정으로 한 인간으로 살아가며 한 여성을 사랑했다. 시시각각 죽음이 다가오고 있는 상황인데도 왠지 그 사실이 기뻐서 눈물이 흐를 것 같았다.

하지만 하늘은 그녀를 버리지 않았다.

후우우우우우……!

광포한 기파가 휘몰아치며 인세의 지옥이 둘로 갈라졌다.

그리고 그 속에서 푸른 광풍을 휘감은 남자가 나타났다. 이 장로의 간청을 듣고 달려온 남자, 귀혁이었다.

"당신의 마지막 소망, 내가 들어주겠소."

귀혁은 인간 서준비의 소망에 답하기 위해 혈혈단신으로 이 지옥을 뚫고 들어왔다.

그리고 신수를 초월하고자 하는 인간과 한없이 신수에 가까운 영수의 싸움이 시작되었다.

서하령은 평생 그 싸움을 잊을 수 없을 것이다.

천지를 경동시키는 대격전 끝에 귀혁은 광령익조를 물리쳤다.

혼자 해낸 일은 아니었다. 아무리 귀혁이라도 내상이 완치되지 않은 몸으로 광령익조를 물리칠 수는 없었다.

광령익조 안에서 인간 서준비의 마음이 저항했기에 이길 수 있었다. 결국 광령익조는 자신의 혈족을 지우길 포기하고 원래 있어야 할 곳, 아득한 하늘 저편으로 올라갔다.

죽어가던 그의 마음이 마지막으로 유언을 남겼다.

"내 딸아, 부디… 나처럼 그 피에 삼켜지는 일 없이 사람으로 행복하게 살아가거라."

그리고 서하령은 귀혁의 손을 잡고 인근 별의 수호자 지부로 가서 그곳에서 안절부절못하며 기다리던 이 장로를 만났다. 이 장로는 피붙이의 비극을 슬퍼하며 서하령을 자신의 가족으로 받아들여 지금까지 살아왔다.

5

"그랬군……."

이야기를 다 들은 형운은 비로소 서하령이 귀혁에게 품은 마음을 이해할 수 있었다.

두 사람 사이에 무거운 침묵이 내려앉았다. 서하령의 과거는 워낙 비극으로 점철되어 있어서 쉽게 이야기가 나오지를 않았다.

결국 침묵을 깬 것은 서하령이었다.

"너니까 이야기한 거야. 곡정이한테도 이야기해 준 적이 없는데……."

"응?"

그 말에 형운의 가슴이 두근거렸다. 무슨 뜻이지?

서하령이 새침한 눈으로 바라본다.

"넌 귀혁 아저씨의 제자니까."

"…아, 그래."

괜히 두근거렸다. 형운이 입술을 삐죽이는데 서하령이 진지한 표정으로 말을 이었다.

"형운, 너만이 귀혁 아저씨의 제자야. 아마 앞으로 장로회가 추천한 인재로 제자단을 꾸린다 한들, 너처럼 모든 것을 다해 가르치시지는 않겠지."

귀혁의 성격상 장로회의 추천으로 꾸린 제자단이라고 해서 허투루 가르치지 않을 것이다. 그들의 재능에 걸맞은 가르침을 내려서 출중한 기량을 갖게 할 터.

하지만 그들은 결국 형운과는 다를 것이다. 왜냐하면 귀혁은 형운의 재능을 꽃피워 주는 게 아니라, 재능을 초월한 존재로 만들려고 하고 있으니까.

"하지만 귀혁 아저씨의 모든 것을 잇는 것은 내가 될 거야. 그것만은 양보할 수 없어."

형운은 귀혁의 제자지만 폭풍권호로서의 그를 계승할 수 있는 자는 자신이 될 것이다. 서하령의 선언에 왠지 형운은 처음으로 그녀의 진심을 들은 것 같았다.

6

형운에게는 비극적인 일이었지만 더 이상의 연회는 없었다. 결국 형운은 마지막 날까지 눈물을 흘리며 약선을 먹어야 했다.

떠나게 되자 형운이 투덜거렸다.

"난 여기 오면 다른 문파 애들하고 친교도 다지고 그럴 수 있을 줄 알았는데, 그런 게 하나도 없군."

"원래는 그럴 수 있을지도 모르지만 황제 폐하 앞에서 싸워서 승패가 갈린 입장이니까."

서로 스승과 문파의 명예를 걸고, 자그마치 황제의 어전에서 싸워서 승자와 패자가 나뉘었다. 어리다고는 하나 다들 자존심이 하늘을 찌를 듯한 녀석들인데 그런 일 후에 스스럼없이 친해질 수 있을 리가 있나?

형운 입장에서는 그런 문제에서 예외인 게 천유하였는데, 그는 내내 예령공주에게 끌려가서 얼굴을 보기 힘들었다. 그나마 짐을 챙겨서 출궁할 때가 되어서야 만날 수 있었다.

형운이 그를 보며 말했다.

"너 왠지 피곤해 보인다."

"아, 계속 예령공주 마마를 따라다녔더니 좀……."

"알 만하다."

형운은 더 듣지 않아도 알겠다는 듯 쓴웃음을 지었다. 예령공주가 천유하를 연모하는 것 같으니 그를 기쁘게 해주겠다고 이것저것 성의를 보이긴 했을 것이다. 하지만 천유하 입장에서는 예령공주랑 지내는 시간은 부담감으로 가득한 시간이었을 테니 정신적 피로가 컸으리라.

문득 형운이 물었다.

"그러고 보니 너 검 바뀌었다?"

"아, 이거? 황제 폐하께서 하사하신 거야."

천유하의 검이 시린 예기를 풍기는 검으로 바뀌어 있었다. 그렇게 화려한 건 아니지만 무공을 익힌 사람이라면 누구나 특별한 보검임을 알아볼 수 있으리라.

천유하가 물었다.

"너도 뭔가 하사받지 않았어?"

"나는 이거."

형운이 손목에 찬 팔찌를 보여주었다. 은은한 푸른빛이 도는 가죽팔찌였는데 언뜻 보면 그렇게까지 특별해 보이지 않아서 천유하가 의아해했다.

"팔찌?"

"기환술의 힘이 깃들어 있다는데… 음. 이런 거야."

형운이 팔찌에 내력을 불어넣었다. 그러자 팔찌가 희미한 빛을 발하더니 급속도로 변형했다.

좌르르륵!

눈 깜짝할 사이에 형운의 팔을 팔꿈치까지 감싸는 가죽 권갑이 완성되었다. 천유하가 눈을 휘둥그레 떴다.

"멋진데. 기보(奇寶)로구나."

"운룡족 장인분께서 만드신 거라고 하더라. 영수의 가죽으로 만들어서 칼날도 안 들어가."

형운은 맨손으로 무기에 대적하기 위해 귀혁이 창안한 무공 용린공(龍鱗功)을 익혀 팔다리를 도검불침으로 만들었다.

하지만 계속해서 무공을 운용하며 싸우는 것도 부담이 되는지라 이런 물건이 있으면 큰 도움이 된다.

형운이 말했다.

"사부님은 실전에서는 잘 쓰고, 대신 거기에 의존하는 마음이 생기지 않도록 주의하라고 하시더라."

"우리 사부님도 똑같은 말씀을 하시던데."

천유하가 쓴웃음을 지었다. 우격검 진규도 천유하에게 검사가 너무 좋은 검을 가져서 거기에 의존하면 실력이 떨어지니 주의하라고 신신당부했던 것이다.

천유하가 말했다.

"이번에는 아쉽게 됐지만 다음번에는 꼭 한번 겨뤄봤으면 좋겠다."

"나도 마찬가지야. 언젠가 꼭."

형운과 천유하는 힘차게 악수를 나누었다.

『성운을 먹는 자』 4권에 계속…